生意场

冯桂林——著

文汇出版社

生意场上的生意人
——读冯桂林小说有感

贝鲁平

冯桂林开始写作是三年前的冬季,那年他六十六岁。在这之前,他从没写过东西。在生意场上他是个成功者,创办的服装公司闻名遐迩,货品远销欧美,可写作他能行吗?尽管没有把握,但试试何妨?

写作前我们聊了多次,怎么写?写什么?为什么要写?写还是不写?最终他感悟到了,就是无论如何,要给这个伟大的时代留下点儿什么,毕竟经历了太多困苦,有了太多的感触。

他,有故事要讲。

做生意太难了,难到常常想要放弃。写作呢,更不容易。但是既然要做,就要做到最好、做到极致,至少不能让同行看轻。暂且忘掉一切,把精力集中到创作上来。非凡的意志力和使命感,促使他全身心地投入到写作之中。自己逼自己,一写就是三年。三年时间,他写出了八篇约十六万字的自传体小说(此书收录了六篇),每章独立即中篇,连起来就是长篇。这些或者说这个故事,情节曲折,细节真实,描述精准,语言流畅,几无赘言,读之令人惊讶。我有了足够的理由相信，除了有毅力，冯桂林在写作上是有天赋的。

在《偷渡者》中，我深切感受到了小人物"我"与命运的搏斗。阿珍、莉莉、蒙娜等小人物，她们的可悲命运，可以说是一个时代缩影。尤其是阿珍，竟然死于非命，让人唏嘘，这正是当年香港、澳门偷渡者的真实写照。

《购船记》简直就是一篇传奇故事，但每个细节都真实可信，只有亲历者才能写出这样的作品。购船过程中的一波三折，描写得细腻感人，读来欲罢不能……一个个人物有血有肉，如高昌的忠实可靠，娜塔莎的天真无邪，阿廖沙的绝望无奈，龙根的厚颜无耻，戈主任的遇事沉着冷静，章总的阴险狡诈……主人公的莫斯科购船奇遇，以及不可预测的沉船事件，更出乎我的意料。

《绅士》给我的最初印象是生意场上人心叵测、险象迭生，而作者的叙事竟然如此波澜不惊。观察细微，人物的一颦一笑写得恰如其分，无可挑剔。我们看到杨厂长，一步错，步步错；看到楚子健惨败后求情的一幕，不禁动容；看到受害方伸出援手，几乎是以德报怨……

《黑白道》写主人公与犹太人客户做生意收不到货款，找美国律师打官司不成功，请美国黑社会无结果，最后只能通过香港一家公司讨回货款。这样的故事真是闻所未闻，和我们对西方世界的想象大为迥异。

此外，《商之道》《发小》也很精彩，在此我不多言了，读者诸君自己去看吧。

  毫无疑问，冯桂林是写作高手。他有独特的生活经历，有每天记日记的习惯，这使得他有取之不尽的创作素材；其一流的文学修养和语言感觉，为他的写作增添了力量；而他对世界、对自我的深刻剖析和认知，又为作品增添了思想深度。如今，这本集子就要出版了，而他新的小说已经写到近十万字。拭目以待吧，看他在"生意场"外的"写作场"里，怎样再创辉煌。

2019 年 4 月 23 日

目录

偷渡者
— 001 —

绅士
— 021 —

购船记
— 067 —

黑白道
— 109 —

商之道
— 157 —

发小
— 201 —

后记
— 251 —

偷渡者

我人生的重大转折点是从偷渡开始的。1989年1月5日,我独自一人来到珠海,我没有带任何行李,也没有带替换衣服。

按照我的朋友周宁的嘱咐,我只要在拱北宾馆203房等着,有人会来和我接头。拱北宾馆是仿皇城宫殿的中西式建筑,是当时中国最好的五星级酒店。我敲开了203房间的门,这是一个标房,两张床夹一个床头柜,两张沙发椅带一个茶几,矮柜上放一个电视机。房间内已经有三个年轻女孩等在那儿:阿珍,莉莉,蒙娜。由于我的到来,阿珍和莉莉两个人挤在靠厕所的床上,我则一个人占了靠窗的床。蒙娜不住203房,她住在305房,是一个长包房。我们不知道什么时候出发,也许今天,也许明天……我们白天等在房间里,晚上就和衣睡在床上。

当天晚上,吃过晚饭,我便来到拱北宾馆对面的商业街闲逛,不料却走进了一个我在上海从未见过的全新的商品世界。各种电器:大到彩电、冰箱、洗衣机、收录机;小到剃须刀、太阳能计算器。还有新型圆珠笔、一次性打火机——清一色日本制造。各种服装:男装有枪驳领西装、双排扣西装、毛涤半夹里超薄西装;

女装有高支低密面料做的衬衣,色彩大胆,采用开刀、镶拼、收腰的工艺,辅以肩垫、蕾丝花边;还有女式长短肉色丝袜。各种玩具:变形金刚、魔方、电子游戏机……这些商品几乎都是走私货。我边看边欣赏边感叹:这哪里是商品,简直就是灿烂的物质文明!

看看时间还早,我又来到用巨大的霓虹灯显示店名的"南国歌舞厅"。门票二十元,歌舞厅谈不上奢华,但音响不错,大厅里烟雾缭绕,摆放着几十张八仙桌。我进去时节目已经开始了,我要了一张桌子,点了一杯茶和一碟瓜子。远处台上是一位女歌手在唱《万水千山总是情》,我第一次听粤语歌就被吸引了,它既有歌曲的优美旋律又有戏曲的委婉韵味。我发现,听真人唱歌居然是一种难得的享受。我正意犹未尽,女歌手鞠了个躬,下去了。

这时又上来一位男歌手,打扮新潮,挎着吉他:"晚上好!我是阿宏,感谢大家来到南国歌舞厅。"下边已经响起了一阵掌声,看来阿宏是很受欢迎的驻场歌手。"我今天献给大家一首《一无所有》。"还未等他开口,吉他、贝斯、架子鼓、电子琴的重金属交响乐已经灌满了整个大厅的空间,空气在颤动。

"我曾经问个不休,你何时跟我走?可你却总是笑我,一无所有……"这也是我第一次听到摇滚乐,如此苍凉激越,如此振聋发聩。歌手用那嘶哑的嗓音唱到排比句:"一无所有——一无所有——一无所有——"

就在这一刻,我被唤醒了。我这半生走过的路犹如幻灯片瞬

葡京前的海滩和氹仔大桥

间清晰地展示在我的眼前。我在"文化大革命"中当上了红卫兵司令,对校长、老师进行批斗、抄家。我自以为投身革命,现在想来所谓革命竟是对人性的摧残和对人格的扭曲。我上山下乡去了黑龙江生产建设兵团,十年,我从一个农工做到连长。返城后,我顶替我母亲进了上海人民服装一厂,又是十年,我从一个工人做到厂长。

我这一生都在拼搏。然而,到了本应"四十不惑"的年龄,我却疑惑地发现,我怎么会一无所有?我空洒了这一腔热血?

这几年改革开放,让我看到还有一个私有制社会,个人的价值取决于个人的努力,我要冲出去,我要投奔新的世界。于是,我辞去了公职。我不相信在那个世界里我不能生存。然而,等待我的将是什么呢?

歌手在声嘶力竭地呐喊:"一无所有——一无所有——一无所有——"这时,我再也无法控制自己的感情,泪如泉涌,我听凭泪水打湿衣襟,却没有用手去擦一下,我不承认我在哭,因为我这一辈子没有哭过。

我已不记得我是如何离开歌舞厅的,反正,这一晚我彻夜未眠。

1月6日,下午。周宁陪泰哥来203房间看我,这是我第一次看到泰哥,三十多岁,中等身材。穿一件浅灰色的水洗帆布西装,白衬衫的领子翻出来盖住西装领,一条鹅黄色的围巾从脖子两边对称地挂下来,就像哈达。戴一副金丝边眼镜。一头短发上了发胶，湿漉漉的，像刚洗完没干，随意地散乱着。

"泰哥，您好！"我大步跨上去用双手有力地握住他的一只手。他的全名叫陈文泰，按我在东北的习惯应该叫陈哥，按上海的称呼叫文泰。然而，我跟着周宁叫泰哥，还真有点江湖味道，顿时拉近了双方的距离。

"侬好，侬好。"他用纯正的上海话跟我说。周宁告诉我，泰哥的家族是服装世家，他父亲在四十年代把服装厂从上海迁到澳门，在家庭内部都是讲上海话。如今泰哥子承父业，依然经营着服装厂。

我对泰哥的恭敬，不仅是他那风流倜傥的外表让我突然明白男人也靠衣装，也不仅是我今天把自己的命运交给一个同龄却不同命的人手里，更是因为周宁对我说过泰哥的一段故事："一次，泰哥驾车莫名被澳门警察拦了下来，警察出言不逊，双方拉扯以致推搡。警察后退一步，拔出手枪对准泰哥，此时泰哥飞起一脚，把枪踢飞。枪掉在地上，警察弯腰伸手抓枪的一刻，泰哥一个扫堂腿把枪踢到很远，同时扑上去，把警察按倒在地……当然泰哥为此坐了一个月的牢。"

我无法把他如此敏捷的身手和他文静的外表联系在一起。在我眼里他简直就是《上海滩》里的许文强。

泰哥对我说，这次偷渡的费用是八千元，"现在风声紧，价钱上去了。"他脸露歉意。"没事，我知道的……"我急忙表态。我当场点好钱交给泰哥。

泰哥环顾房间里的人，"你哋都喺去对面的？"他用广东话问道。

阿珍用广东话回道："嗨呀。"莉莉没有听懂。

周宁和蒙娜则靠在门口的墙上聊天。蒙娜抽出一支摩尔薄荷香烟，周宁适时递过打火机帮她点着，还小心地张开另一只手掌圈住火苗，佯作挡风。我有点惊讶，他们第一次见面也可以聊得这么投机？

泰哥要走了，我送他下楼。他开一辆皇冠轿车，车上挂着两块车牌，一块是澳门的白牌照，一块是外商在珠海的黑牌照。我目送他驶向拱北关口。

我回到房间，周宁和蒙娜不知去哪儿了。我躺在床上，想看一会儿书。阿珍蹭过来坐在我的床边，怯怯地说："大哥，刚才的泰哥是你朋友啊？""是啊。"她一声大哥叫得我很受用，我连忙坐了起来。阿珍压低了声音："他收你八千元太贵了，你以后要再去澳门，我直接介绍你认识蛇头，只要三千元。""是吗？"我开始认真地看着阿珍。

看来，阿珍已经是多次偷渡了，对这一行很熟。阿珍剪了个老式的童花头，不施粉黛，像个村姑。她不算漂亮，但不失端庄。她穿一件麻灰色一字领的绒布套头衫，异常宽大，却依然藏不住春色，时时感觉到她胸前的颤动，犹如关在布袋里两只跳动的兔子。阿珍的老家在张家界，父母种地为生，她有一个弟弟在读大学，全靠她每月往家寄钱。

说起张家界,阿珍兴奋起来:"你去过吗?"她睁大眼睛。

"没有,我很向往。"我随口回答。

"我可以带你去,我从小在山里玩,我是最好的导游。"她一脸真诚地说,"你可以住在我家,我让我妈烧灶头菜饭给你吃,用莴笋叶子做的……"

我觉得她的真诚近乎天真,我打断她说:"你妈没有催你结婚吗?"

"催!我想赚够钱帮我家盖新房子,也等我弟弟大学毕业——我再做两年……"

"你多大了?"我问道。

"你猜?"她调皮了起来。

"十八。"我违心地往低了说,女人都喜欢听好话。

"哪里啦!"她趁机装作下意识地用手在我大腿上拍了一下,娇嗔地说,"人家都二十二啦!"她果然笑得很开心。

"是吗?看不出来!"我故作惊讶。

她挪过身来,用肩膀顶了我一下,直接说:"大哥,你有三十了吧?"她居然下口比我还狠。

"四十。"我没有笑。她仔细端详着我,若有所思地说:"我爸和你一样大,不过比你可老多了。"

我们正聊得无聊,外边有人敲门,我去开了门,周宁站在门外没有进来。他狡黠地笑了笑:"我把蒙娜弄掉了!"我错愕道:"你们不是刚认识吗?""是呀。""人家不是有老公的吗?"我紧接着问。"那有啥搭界？"周宁得意地一甩头，示意我道，"走，吃夜宵去。"

周宁比我小几岁，但出道很早。他成立了一家贸易公司，前几年倒卖批文，弄点配额。后来做礼品，把香港的一些新奇的办公用品弄进来，卖给那些没见过世面的国营公司作送礼用。有时他也做服装生意，不过他只是把订单转给别的公司，拿差价了事，自己绝不投入。周宁人脉很广，三教九流都有朋友，为人海派，出手大方。平时看他并不忙，然而钱却用不完。我自忖我永远也达不到他这种境界。

我们来到宾馆对面的排档，刚坐定，蒙娜也过来了。她穿着蕾丝连衣裙，晚上还不忘涂上口红，长波浪梳成清汤挂面。蒙娜天生明星相，人见人追。然而，她在我眼里犹如画中人般不真实。蒙娜坐在我正对面却始终没拿正眼看过我，也许在她眼里，我这个男人去澳门无非是做一个建筑工人。蒙娜低着头，帮我们把碟、筷、茶盅逐一冲洗了一遍，倒上茶，手法熟练。蒙娜是珠海当地人，在拱北一家海鲜大酒楼当迎宾小姐，被常来吃饭的一个澳门警察，葡萄牙人看上了。这个警察说要娶她，并在拱北宾馆开了一个长包房。如今蒙娜刚怀孕两个月，她急切地要去澳门投奔这个警察。蒙娜点了适合夜宵的菜式：姜葱炒蚬和白灼生菜，油炒面和每日例汤，还叫了两瓶啤酒。她用握住瓶口的手指作支架，拿筷子竟能撬开瓶盖。她还能用瓶口勾住杯沿，啤酒顺着斜坡徐徐流入杯子而不起泡沫。蒙娜挨着周宁坐着，亲热而不轻佻，不时给周宁夹菜，俨然老夫老妻。

1月7日，从下午开始，大家都等在203房。我躺在床上看书，蒙娜和莉莉坐在沙发椅上看电视，阿珍朝着墙侧身睡得很熟，电视声也吵不醒她。

这时有个男人来找阿珍，看上去像澳门人。阿珍坐起来，用手捋了捋头发。阿珍和男人并排坐在床沿，用广东话聊得很高兴。

坐了一会，阿珍拉着男人进了厕所。过了不久，里边传出一阵碰撞声，接着传出女人的喘叫声："嗷，嗷，嗷——嗷——"叫声中带着哭腔和因窒息带来的抽气声，阿珍肆无忌惮地狂叫，声浪一阵高过一阵。我们被这叫声震住了，大家面面相觑。蒙娜走过去，拍了几下厕所的门，她说怕这叫声引起人家注意，影响我们的偷渡大计。但是，拍门声并没有能够阻止阿珍的叫声。莉莉则斜着白眼，对我说："不要面孔的，做鸡做到房间来了。"我在胡思乱想："他们在马桶上，还是在台盆上？要么在地上？似乎都伸展不开，浴缸就更不行了！"

大约过了二十分钟，他们出来了。男人有点羞怯，阿珍却若无其事，湿头发粘在额头上，脸上泛着红晕。他们也不看大家，男人拉着阿珍吃晚饭去了。

晚上十点多钟，看来今天不会有行动了。我决定到海边去散散心，我对房间里的蒙娜和莉莉说了我的去向。

"我跟你去，"莉莉起身跟我出了门，愤愤不平地说，"跟一只鸡困一张床，龌龊死了。"

"都是天涯沦落人，何必呢？"我劝说道。我对阿珍并不反感，可能是缘于她的一份天真。

拱北宾馆的边上是一条滨海大道，叫情侣南路。沿着这条路走下去两公里就是拱北边防关口，过了中国边防就是澳门关闸。远望大海，一片漆黑，只有路灯照到的近处，才看到海浪拍打着堤坝。在这静谧的环境中，人是很容易敞开心扉的。我和莉莉静静地走在堤岸上。莉莉一头复古小卷发拢在耳后，有些凌乱，穿一件色织布两用衫。上海人发明的两用衫，夏天可以当衬衫穿，春秋天可以当外套穿，里边用假衬衫领子翻出来，足见上海人的精明，爱面子。

然而莉莉却不必要精打细算，她原本有一个很好的家境，属于先富起来的人家。她打开了话匣子："我老公在方浜中路开了一家服装店，专做绒线衫。后来做马海毛，从早到夜顾客不断，每天还有北方人来批发，我老公每礼拜都要去广东进马海毛。"莉莉话语中有一种无法掩盖的优越感，她继续说："我们赚了钞票，在田林新村买了两套商品房，把我爸妈接过来住，我们有一个五岁的儿子，交给保姆带。我整天就是白相，搓麻将。经常和小姐妹去希尔顿的'沪江特快'饮茶，或者到锦江饭店北楼一层的咖啡厅坐一下午。夜里去淮海中路弄堂里'夜上海'吃饭，和姚老板都很熟的——"

"你们家的店在方浜中路几号？"我极有兴趣地打断她。

"109号。"

"我阿弟也开了一家服装店在方浜中路120号，专做童装。"

"真的啊？"莉莉惊叫起来，"喔——我晓得了，就在我家店斜对面。"莉莉用手指着我，越说越激动，"侬阿弟经常到我们店里来的，我老公叫阿王，你可以去问侬阿弟。"

我们好像一下子变成了故交。这时莉莉的脸色却阴沉了下来，沉默了片刻，她长叹了一口气："断命的税务局说我们偷税逃税，还有走私，把我们的店封掉了。我老公只好逃出去，买了一本汤加护照，居住在澳门，帮人家弄汤加签证。没想到被澳门警察捉去了，讲他做假证件，关在澳门路环监狱。我这次就是去看他的……"

海浪不断地拍打着堤岸，不时有浪花随风刮到我们身上，莉莉开始激烈地抽泣着。

"你抱抱我好吗？"莉莉突然面对我，用乞求的口吻说道，"我怕！"

我没有犹豫，从后面抱住莉莉，我感觉她身体在不停地颤抖。我想安慰她几句，或者鼓励她坚强一些。但是，我实在找不出什么合适的话语，因为她面对的是无法预料的结果，其实我也一样。我唯一能做的就是紧紧地抱着她，直到她平静下来。

1月8号，下午。蛇头来电话说晚上十点出发，让我们等在房间里。这一天终于来了，我的心里忐忑起来，不知是希望这一刻早点来还是晚点来。

晚上九点刚过，所有的人都在房间里等着了，蒙娜也退了长包房，我这才发现所有人都没有随身物品。

然而一直到十一点，电话才响起，阿珍拿起话筒。"下来吧！"我们竟然都听到了话筒里传出的细微的蛇头的命令，大家同时站起身。

我们到了宾馆门口，只有一辆破旧的丰田面包车等在那里。蛇头摇下窗户，向我们招了一下手，我们便鱼贯而入。

车子行驶在柏油马路上，凭方向我判断是往香洲湾去的。一路上谁也没有说话，车厢内死一般寂静。大约二十分钟以后，车停在了一个渔港码头边。蛇头把我们带上了一艘捕鱼的舢板木船，十几米长，没有船舱，没有驾驶舱。船老大已经发动挂在船尾的引擎，蛇头数完钱给了船老大，便上岸了。

船带着"突突突"的马达声，离开了港口。这晚一点月亮也没有，船上也没有点灯，我们好像盖在一块黑布下面，我甚至看不到在船尾把舵的船老大。海上风浪很大，也不知道是下雨，还是船头溅起的浪花。不一会，我们的衣服就被打湿了。我这才明白，蛇头就是在等这月黑风高夜，这样的天气。

船驰向了深海，开始剧烈地颠簸。我开始意识到了危险，我担心船随时会颠覆，若是翻了船，水性再好也是无法生还的。即便有救生衣，在十度以下的水温中，也会冻死人。

这时三个女人都已吐完了胃里的食物，躺在地板上，听凭风浪不断把她们抛起，摔下，就像厨师炒锅里的菜。唯独我没有晕船，独身坐在船的中央，两手抓住地板上的渔网。先是莉莉爬过来把头枕在我的左腿上，接着蒙娜也坐过来，用背靠在我背上，一会儿，阿珍也挪过来，把头搭在我的右腿上。这时我们四个人形成一个支撑体，犹如三脚架，增加了稳定性。我挺直了身板，好比船的桅杆一般。在这种情况下，我被激发起了男人的责任感，忘记了身处的危险。

阿珍似乎感觉好了些，挣扎着扑到我的怀里，紧紧地抱住我，我们相互感觉到了对方的体温。她仰起脸直视我的眼睛，我忍不住怜悯地用手抹去她脸上的水珠。突然，她抓住我的手引向她的怀里。我贴近她的脸说："你那天叫得真好听。"我不知道为什么想告诉她。她大声说："我想要你！"在马达轰鸣声和风浪声中，说话声只有我们俩能听到。

船行驶了两个多小时，渐渐看到了远处岸边的灯光。风浪小了，进入了澳门的内港。

"你们看，这是澳门的葡京赌场。"蒙娜直起身，指着那片灯光。莉莉也坐了起来，抓住船舷。阿珍只是扭头看了一眼，依然紧抱着我不松手。

我推开了阿珍说："我的腿麻了，对不起。"我觉得要做些准备。葡京越来越近了，我没有想到我们会在如此繁华的地方登陆。渐渐地，我已经看到了葡京那圆柱形的鸟笼式建筑，听人说过，葡京老板要把赌客像鸟一样关在笼子里。我还看到葡京前面马路上行驶的汽车。

大约离岸边还有五百米的时候，"跳下去！"船老大第一次说话然而却是不容置疑的。几乎同时,我们都跳下了水,莉莉是被船老大推下去的。立定之后,发现水只到大腿根部,然而双脚已经深陷淤泥中,足有一尺深。当我拔出腿时,一个鞋子已经不见了。我回头看时,船早已远去,连马达声也听不见了。

我们向岸边靠近,这段路走得十分艰难,每一步都要用力拔出脚。到离岸边还有一百米的时候,这是一片退潮露出水面的沙滩和岩石地。阿珍拉着我扑倒在一块大岩石后边,蒙娜和莉莉跟在我们后边。阿珍说,这条马路上是有警察巡逻的,也许他们就藏在暗处,我们不能上去,必须看到警察出现并且走远了才能上。我暗自庆幸阿珍具有偷渡经验。

果不其然,两名军装警察沿着海边的马路走过来,直到他们走远了,我们起身冲向堤岸,沿着台阶上了马路。这条双车道的二十米宽的马路叫沙格斯大马路。我们以百米冲刺的速度越过马路,钻进两栋大楼之间的小巷,又快速穿过两条小马路。

此时天色已经发白,我们截停了一辆黑色的出租车,司机看到全身湿透的我们也并不惊讶,阿珍用广东话对司机说:"唔该,百德大厦!"并同时递上去两百葡币,从我们上车到目的地也就十几分钟,通常车资也就十几元。

百德大厦只是蛇头安排的临时落脚点,我在屋里洗了个澡,换了一身借来的衣服。这时天已大亮,泰哥开车来接我去饮早茶。这是新马路上的陶然居酒楼,没有拱北宾馆的餐厅大,却很精致。虽也同样人声鼎沸,雾气弥漫,但却多了一份祥和,安逸。我在这里饮茶，和澳门人无异，谁也看不出我是刚上岸的。然而我却自觉比他们多了一份自卑和压抑。

饮完茶，我又特地来到沙格斯大马路——我们上岸的地方，马路上并没有留下什么痕迹。我站在栏杆边，这时海水已经涨潮，完全淹没了沙滩和岩石。

不久，我又转道去了香港，然后我又去了美国。

很多年以后，当我以合法身份再回到澳门时，我约了泰哥，还去那家陶然居酒楼。我预先来到酒楼，泰哥姗姗来迟，他一进门我便认出了他。我快步迎上去，张开双臂本想拥抱他一下，却没有得到响应，我顺势摆了个虚抱的美国式欢迎姿势。

泰哥明显老了很多，或许是胡子没有刮的缘故。他还穿着那件浅灰色的帆布西装，不过皱褶很多。头发没有上发胶，脖子上也没有挂围巾。金丝边眼镜的架子脚用胶布裹着。来之前，我从周宁处已经得知泰哥的工厂倒闭了，并且也知道他整天泡在葡京赌场。但是我依然没有料到他会如此落魄。

我为泰哥倒上茶，寒暄道："你还好吗？"话刚出口，我马上觉得不妥。他低头呷了口茶，嗫嚅地说："还那样，嗯……"他抬起头，眼镜玻璃蒙了一层雾。他开始看着我说："听说你混得不错，有什么可以帮帮兄弟？"我顿时语塞："没——没有，做点服装而已，不过，可以看看大家怎么去做……"我知道这搪塞太过明显，我也知道泰哥也只是随口一说，但，我还是不免语无伦次。

我觉得应该马上改变话题："泰哥，多谢你当年帮我出来，我一直没有忘记。"没等他接口,我又话锋一转:"阿珍,莉莉,蒙娜,她们怎么样?"这是我最关心的事情。泰哥有些迟钝,他托了一下眼镜架缓缓地说:"阿珍,莉莉,我一直没有碰到过。蒙娜后来没有和葡国警察结婚,她生下了一个混血儿子,拿到了身份证。"泰哥显得轻松起来,说话也连贯了。

"在哪里可以见到蒙娜?"我急切地问。

"她在葡京上班,做发牌手。"他迟疑了一下,急忙补充道,"如果你去找她,不要说和我见过面。"

"为什么?"

"咳,当初我和蒙娜同居过一段时间,后来她提出来要和我结婚……"

我俩会心地一笑。他见机岔开话题,怕我再谈蒙娜:"你这次从美国回来见过周宁吗?听说他出事了?"

"没有。"我矢口否认,其实我知道周宁出事了,他因为合同诈骗被上海某区法院判了四年。他和一家国营公司合作到香港上市,结果市没上成,活动资金用完了。国营公司没法交差,把他告了。如果上市成功,周宁可能一不小心就当了一回上海首富。我来澳门前去了上海,我去探监时,周宁告诉了我有关泰哥的事,我还问起蒙娜怎么样,周宁竟然一时想不起来这个人。我否认见过周宁,是怕泰哥知道我了解他的近况而尴尬。

看看时间差不多了,我叫了服务员埋单。泰哥突然问我:"借点钞票有哦?调调头寸,工人发工资。"我从包里拿出两万元,这是我预先准备好给他的。他接过钱说："下个月还给你。"我知道他借了很多人的钱没还，就差借高利贷了。

我们出了门，泰哥上了一辆出租车，我听到他对司机说："葡京。"

隔了一会，我也去了葡京，我在二十一点牌桌上找到了蒙娜。等她换手休息的空当，我们来到葡京一楼的茶餐厅。刚坐下，一个五十多岁的制服男侍应殷勤地走过来："娜姐，今日要咄嘛嘢？"蒙娜已是一个地道的澳门人，她瞥了一眼侍应："两杯冻咖啡。"我也用广东话说："我唔饮咖啡，冻水就得。"我和蒙娜见面双方都有些拘束，尽管她已经从画中走下来，她穿着赌场的制服，头发也改成了盘头。蒙娜开始用正眼看我，我却反而感到不自在，我避开她审视的目光。我也不敢贸然开口，生怕不小心触及周宁或者泰哥的话引子。

倒是蒙娜先开了口，她又改讲国语："你知道吗？阿珍死了！"

"什么？死——了？"我怀疑她广东国语发音的歧义。

"是的，"蒙娜语调有些颤抖，"阿珍在葡京接客，迷上了二十一点。开始倒还有输有赢，只是后来不知怎么搞的，输大了，借了高利贷，被黑社会弄了去。这期间有一个马仔来找过我，说阿珍说的，我可以帮她还债。我哪里有钱？再后来，我看报纸，说在黑沙环发现一具女尸，我从照片上看到那童花头，才认出是阿珍，真是作孽……"蒙娜用纸巾擦着眼睛。

我怔在那里回不过神来。蒙娜又告诉我，她倒经常看到莉莉，莉莉走了阿珍的老路，也在葡京接客。莉莉的老公在监狱关了一年，因证据不足被释放了，但遭返回了大陆，又进了大陆的监狱。

我和蒙娜分手，走出茶餐厅时，我警惕地扫视人群，生怕在走廊上碰到莉莉。

我几乎是逃出葡京的，胸口像被压了一块大石头喘不过气来，欲哭而无泪。我又来到当初我们上岸的地方，我在那里站了很久，这片海滩还和以前一样，但是在不远处的孙逸仙大马路外的海滩已经填海盖了几栋大楼。

2015 年 8 月 30 日

绅士

一

如果我不是遇到戴斯年，我永远也不会懂得绅士和男人的区别。

戴斯年想为他们家族公司旗下的五星级酒店的员工订做制服，通过我的朋友邹宁找到我香港湾仔的金丰有限公司，秘书把他领进我的办公室。

戴斯年给我的第一印象实在太差。五短身材，五十岁不到的年纪已经头发花白，高度近视的眼睛在啤酒瓶底厚的眼镜后面眯成一条缝，白衬衫裹着的大肚子从黑西装中间挺出来，像一只企鹅。

"我系戴斯年，我揾冯生。"他先开了口，很有礼貌。

"你好！我系冯生。"我伸出了手。

"你好！你好！"他接过我的手握住，怔了一下，"你边度人啊？"

"我系上海人。"

他突然甩开我的手："喔唷，大家上海人，讲啥断命的广东闲话？"我俩一阵哄笑。

他递上名片，我一看：香港戴氏实业集团有限公司，戴斯年，副董事长。

戴氏实业是香港家喻户晓的上市公司，我抬起头重新审视着戴斯年。戴斯年连忙说："公司老板是我大阿哥，我们家六兄妹，我最小，只好做点跑腿的事。"

戴斯年一挥手说，做制服这种事交给下面的人去做，我们吃饭，白相。

我们约了晚上六点半在铜锣湾洛克道的富豪饭店吃饭，我从公司坐地铁过去只有一站路。我掐准时间到达时，恰好一辆奔驰敞篷车在饭店门口停下了，戴斯年从驾驶位下来，急匆匆越过车头，打开副驾驶位的车门，一个女人搭着他的手下了车。戴斯年把车交给泊车侍应，用手指点了点挽着他手臂的女人向我介绍："江雨桐，我的女朋友。"我们互相问了好。

江雨桐，看上去三十岁不到，不对称的过耳短发，一边向前盖住半个眼睛，另一半却掖在耳后，姣好的面容若隐若现，令人想一探究竟。她穿着珍珠白的无领套装，炭灰黑的绳边镶嵌在领口、袋口、袖口、脚口、门襟，白不耀眼，黑不极致，她脚蹬白皮黑跟的高跟皮鞋，我领教了香港女人的品位。

江雨桐看上去比戴斯年高了半个头，气场却盖不过丑陋的戴斯年。我们一进门，侍应们立即围上来，异口同声喊道："戴生，晚上好!"戴斯年只是微微点了点头,双手抬起,就有侍应把他披在西装外的风衣从背后脱下拿走。

侍应把我们领到桌子边,江雨桐走向桌子的同时戴斯年已经把椅子搬后一步;江雨桐坐下的同时戴斯年已经把椅子向前一步送到她屁股底下。

我们三人坐定,侍应躬身问:"戴生,今日食点咩吔?"却不提供菜单。戴斯年说了句:"都系自己人,简单嘀。"算是点完了菜,戴斯年把这儿当自家饭堂了。

侍应拿了瓶红酒过来,倒入醒酒器。我拿起酒瓶,看那标牌"奥比昂酒庄,1982",我问:"为什么选1982年呢?"戴斯年说:"1982年是法国波尔多地区天气最出色的年份,所以品质最佳。"现今是1995年,这沉睡了十三年的红酒在醒酒器中与空气接触后苏醒了过来,此时已经芳香四溢了。

侍应给我们每人杯中倒了一撇酒,我拿起水晶杯晃了几下,在灯光下,杯中那晶莹剔透,犹如红宝石一般的液体宣示着酒红色的高贵。

戴斯年举杯:"冯先生,来,为我们相识干一杯。"江雨桐也举杯对着我,我慌忙中把酒杯送上去,水晶杯轻轻相碰,"咣""咣"发出清脆悦耳的声音。

我喝了一口,让酒浸没舌苔,红酒的果香甜涩的味道在舌尖处蔓延开来,酒入肚,有股醇厚通过血管升上头,脸上微热,果然好酒。

戴斯年一饮而尽，把空杯放在桌上问："冯先生来香港几年了？""五年了，可是广东话还是讲不准，让你一听就听出来了。"我自嘲完问，"你的广东话讲得很地道，你来香港几年了？"戴斯年略一沉吟说："有十几年了。""家人呢？"我接着问。戴斯年说："老婆老早离婚了，女儿在加拿大读书。"

我扫了一眼江雨桐说："哦，那你们什么时候结婚？"戴斯年也看向江雨桐，见江雨桐正冷眼斜视他，便移开目光，说："这不急的咯，等两年吧。"我觉察到了微妙，便刹住话头，举起杯底的剩酒说："来，我敬你们两个。"大家目光又回到了拿起的酒杯上，江雨桐一仰脖子，率先把酒倒入喉咙。

冷菜上来了，每人一小碟，碟中有卤味三拼和三蔬，分别是鸭胸、鸭掌、鸭胗、冬笋、莴笋、芦笋，每样只有两小片。要放在平时，我用筷子往嘴里一扒拉，也就一口闷，现在也只能学着他俩一片一片数着吃，还时不时地放下筷子，用餐布在嘴唇上碰一碰。

上例汤了，侍应将瓦罐搬上桌，用勺子伸进去将汤滗出，每人分一小碗，看着他俩喝汤用小调羹一下一下送入嘴中，我实在嫌费事，便端起碗一口喝完。

戴斯年喝了半碗汤，把调羹放在一边就不再喝了，头转向我说："听邹宁说，你白手起家，生意做得不错，早就想认识你。"我回道："做服装呀，小生意，不能和你们公司比……""哎！"他打断我，"你不能这么说，香港上市公司利丰，ESPRIT 都是做服装的。"他摇了摇头又说:"我们公司再大,也是大哥的,我早晚要自己独立出来,到时再向你请教。"说着举杯和我单独喝了一杯。

我又瞧了一眼江雨桐,觉得冷落了她,正好江雨桐把挡住眼睛的头发往后拢了拢,我才一睹庐山真面目。她天生长眉,丹凤眼,鼻梁挺括。她举止得当,坐姿优雅,静听着我们讲话,从不插嘴。

主菜上来了,每人一个四头鲍鱼。饭店经理亲自端上来,说这些日本吉品鲍是他们饭店的箱底货,专门招待贵宾的,一般客人只供应南非干鲍。经理为每个人摆好了刀叉,说了声慢用,就退去了。

戴斯年的刀功竟然比江雨桐还好,能把鲍鱼切成云片糕一样薄。我则切成三大块,用叉顶着,一小口一小口啃,鲍鱼糯黏韧弹,是任何鱼肉无法比拟的。吃在嘴里,反复咀嚼,不舍下咽。

戴斯年叫了每人一小碗白饭,随饭上来一盘白灼生菜,我学着他用鲍鱼汁拌饭,鲜美无比,竟还想来一碗,可惜鲍鱼汁没有了。

江雨桐没有吃饭,只吃了几片生菜。

饭毕,每人一份水果,西瓜、蜜瓜、木瓜、哈密瓜,各一片,四种不同的颜色,切成同样大小的尺寸。

这时,江雨桐起身,说了句上化妆间。戴斯年看着江雨桐离开的背影,转头对我说:"结婚做啥啦?好不容易离婚,再弄个人回来管着我啊?"他把椅子搬了靠近我问:"你离婚了吗?""没有啊!""那你有女朋友吗?""没有啊!"戴斯年瞪大眼睛看着我,用手指频频点我:"你白活了。"

戴斯年用手掌指向桌子上的空碟说:"鲍鱼好吃,天天给你吃,你要吃吗?不要吃的呀。"他自问自答后,用手背在我的胸口敲了几下说:"女人要换的呀!"

侍应拿来了账单放在桌上,戴斯年看也不看要签字,我抢了过来说:"我付吧。"戴斯年说:"他们不会让你付的,他们月底向我们公司结账。"我看了一下账单,一万七千元,脱口说:"吃顿晚饭太贵了吧?"戴斯年不以为然:"钞票赚了做啥?不就是要享受生活吗?"说完,他偷瞄了一下左右,把脸凑过来,用手捂住嘴唇,压低声音说:"各种女人味道不一样的!"

江雨桐出来后,我们便离开了饭店。在分手时,戴斯年说:"翡翠戏院明天上映好莱坞大片《虎胆龙威》,我们一起去看晚上七点档的?"我说好的。

第二天,下班后,我在公司吃了一个四宝饭的盒饭,又是坐地铁一站路到了铜锣湾的翡翠戏院。我第一个到,接着江雨桐也到了。她今天穿一袭露背粉红色连衣裙,背一个暗红色的方形包,脸上淡妆,却烈焰红唇。她见我的目光在她的身上打转,便问道:"好看吗?""嗯,好看,就是这个包不好看,皮质粗糙,款式古板,色彩暗淡,应该换一个靓丽一点的。"她低头看了看包说:"爱马仕就是这个风格。"我说:"没听说过,我只知道LV包是最好的。"她莞尔一笑。

戴斯年一直没到，打他手机也不接，不知发生了什么。直到电影开始放映了，江雨桐说算了，不等了，我们进去看吧。

电影一开始就是纽约第五大道酒店爆炸的火爆场面，我们被吸引了。接着，布鲁斯·威利斯挂着牌子站在黑人区，脸上露出招牌式的忧郁深沉的表情。江雨桐在黑暗中用胳膊碰了我一下，在我耳边说："其实，你的神情和他很像，我喜欢深沉的男人，酷！"

继续看电影，半小时后，我发觉江雨桐低头睡着了，我推她："怎么睡着了？"她却眼也没有睁，说："借你肩膀靠一靠。"说着把头靠在我的肩头，调整好坐姿继续睡。

我的脸颊摩挲着她的头发，久违的发香和她的鼻息直冲我脑门，我一阵晕眩，无心看电影。电影快结束时，她终于醒了，她坐直身子，重重地吸了一口气，抹去流下的口涎。我问："你怎么了？昨夜没睡？"她说："让他折腾了一夜，这个变态佬。"我不敢再问下去了。

出了电影院，正下着雨。她从包里拿出折叠伞，撑了起来，我们并肩往的士站走去。她见我在伞外淋雨就说："进来啊，淋雨干什么？"我说："雨不大，没关系。"她不容反驳地说："过来！"我靠了过去，保持着距离，两个人都有半个身子淋到雨。她用胳膊撞了我一下嗔道："让女孩子帮你打伞啊？"我慌忙接过雨伞，她腾出来双手抱住我的胳膊，两人都挤进了雨伞。我的胳膊深陷在她胸前的两团肉中，两面夹击的柔软使我顿时呼吸急促，步履艰难起来。但我立即把那一点欲望的火星给掐灭了。朋友妻不可欺，这是不可触碰的底线。

二

戴斯年告诉我戴氏集团将在周六晚上七点，于湾仔会展中心举办成立三十周年庆典，邀请我参加，香港上流社会很多名流都会参加。

这天下午，我特地去了金钟太古广场买了一套皇家御用的KENT&CURWEN牌子的西装，两万多元，原本不舍得花这么多钱，但是，自那天富豪饭店一万七千元的晚餐后也就想通了。

晚上六点半我就到了会展中心，刚在门口桌上的签到簿上签了字，就碰到了戴斯年。他把我领进偏厅的沙发上坐下，侍应已经一只手托着盘子走上来，一只手放在背后。戴斯年从托盘众多高脚杯中抽出两支香槟酒，说："今天的场合应该喝这个。"我喝了一口这种黄色的葡萄酒，满口苦涩，皱起眉头。戴斯年说："这是二次发酵的气泡葡萄酒，香槟地区出产的才能叫香槟酒，其他地区只能叫气泡酒，你喝几口就会习惯的。"

我正想起身去拿杯橙汁，戴斯年把我按下问："那天看电影怎么样？""电影很好看，你怎么不来？"我说完这句话，想起江雨桐头靠我肩膀睡觉和同撑一把雨伞，有点心虚。戴斯年暧昧地笑着："我存心不来的，为你们俩创造条件，你喜欢她吗？"我愣住了，心中快速猜测戴斯年的用意：试探？警告？然而，我在戴斯年的眼神中分明看到了诚意，我以攻为守："你帮帮忙好吗？朋友妻不可欺的。"戴斯年的眼神一下子变得认真起来："你以为你在水泊梁山啊，还朋友妻不可欺呢，现在已经是换妻的年代了。"

我脑袋一片空白，戴斯年的脸上又出现了诚意："就算你帮我忙好吧？这个女人已经跟了我三年了，现在吵着要结婚。"

我正无语间，戴斯年突然恭谨地站起来。他大哥进来了，身边跟着穿黑西服戴耳麦的保镖，他大哥叫戴斯礼，是港督授勋的太平绅士，七十岁，身材偏高，不像戴斯年。一件毛麻混纺的麻灰色西装，经过拔烫工艺和体型严丝合缝，就像蝉蜕下的壳和蝉那么合身，脖领围一条丝巾，白裤子白皮鞋，时髦而不失庄重。再看一眼我的传统西装套就显得土气了，就像香港房屋中介的打扮。

戴斯礼走过来和我握了一下手，我连忙叫："大哥好！"其实，他年龄比我爸还大。戴斯礼用已经生疏的1930年代的上海话说："侬是小弟的朋友，来捧场交关感谢！"保镖把从耳麦中收到的信息告诉戴斯礼："湾仔警署署长查理到了……噢，霍英东到了。"戴斯礼和保镖说了句话又转向我说："今朝人邪气多，怠慢了，小弟陪陪。"说完话转身走了。

我完全被这位超级富豪的气派和太平绅士的风度征服了，虽然他只和我讲了两句话。我决定，要像他那样友好地对待每一个认识的人。

我和戴斯年走进大厅,有一二百人之多,人们手里拿着高脚杯或者雪茄,三五成群地交谈、寒暄。我感到一种压力,我不配这种场合,不敢走进去融入人群,再说,我的广东话别人一听就是"新移民",港英时代的香港人鄙视北边来的"表叔"。戴斯年虽然广东话比我好,但他的身份必须冠上"戴斯礼的弟弟"才行,他也不想走入人群。

我俩坐在大厅边上的沙发上,戴斯年指着大厅的人群说:"这些香港赤佬有什么了不起?只不过比我们早到香港,其实,上海人比他们聪明多了,不会输给他们的。"我向戴斯年投去敬佩的目光,没想到,他竟如此自信,比我强多了,我比他小,真可以把他当兄长。戴斯年继续说:"我大哥同意我从家族公司分出一部分医疗器械生意,我已经做了几年了,我一定要让我自己的公司上市。"听到这里,我已经对戴斯年从敬佩变成敬仰了,我转过身来,正对戴斯年的侧身,像学生聆听导师的教诲。

戴斯年见我听得认真,便也转过身来说:"其实你也可以上市的。"我吓了一跳:"我哪里行啊。"戴斯年摊开手掌扫了一圈人群:"其实,他们中的一半人,生意还不如你呢,做生意不能死做,上市,资产能翻几倍,去白相人家的钞票。"我依然不开窍,说:"就凭我公司现在的规模,上不了市的。"戴斯年开导我:"这有什么关系?业绩都可以做的啊,上市就是要讲故事,讲一个骗得了人的故事。"

戴斯年想了想说:"这样,明天我叫毕马威的董事耿先生出来一起吃饭，把你的公司包装一下，毕马威知道吧？世界四大会计师楼。"

我摇摇头，我真不知道。我觉得，我不知道的事情太多了，有点自卑。我把侍应招过来，拿起一杯苦涩的香槟酒，一饮而尽。

晚上，我回到炮台山的家中，戴斯年的话如同在我的脑海中扔下了一颗石头，掀起了巨大的涟漪，一圈一圈扩展开来。我没有想到，生意可以这样做。我坐在落地窗前看着维多利亚港美好的夜景，近处是大楼的灯光、霓虹灯、渔火。很远的地方是一片黑暗的虚无，然而，能看到一闪一闪的灯塔的光。

如果戴斯年关于生意上的话题只是在我的脑海中投下了一颗石头的话，那么他关于女人的话题却是把我内心深处封闭的地壳打破了，对女人的欲火就如同火山爆发一样不可收了。

我不得不承认，戴斯年关于女人的话讲得有理，我也不得不承认江雨桐对我有吸引力，但我无法确定江雨桐是不是对我有意思，仅凭她头靠在我肩上还有把胸顶着我胳膊？

这一夜，我彻夜未眠。

请毕马威的耿先生吃饭，当然也包括戴斯年和江雨桐，我可不想在富豪饭店吃得那么"简单"，我选在了铜锣湾的富临海鲜火锅饭店。

我和戴斯年、江雨桐一起走进饭店，足有两千平方米的大厅里桌桌爆满，人声鼎沸。我们之间讲话也要大声喊才能听到，我看到戴斯年皱了下眉头。

我自己去海鲜池点菜：一条两斤的东星斑、一斤基围虾、烧味拼盘、烤乳鸽、大鲍翅、焗龙虾……总共才三千元。我挖空心思想点得丰富些，可是，饭店服务生说："够了，吃不了的，先点这些吧。"

我们刚坐下，耿先生也来了，耿先生和我一样，穿着西装套装，香港人，四十岁左右。戴斯年帮我们介绍过后就和他一直谈事情，看得出他们很熟。江雨桐今天穿米色雪纺长衬衫和黑色紧身裤。

戴斯年说今天喝啤酒，服务生把啤酒放在桌子上就走了，我们自己把酒杯倒满，先干了一杯，吃了一点上来的冷菜，就进入了正题。

耿先生问了我公司最近三年的生意额和利润情况后说，要到我的香港公司和上海公司看全部的财务报表，我同意了。耿先生告诉我上市的前期费用要两千万元，包括审计、包销等所有费用，我也同意了，这是行情。戴斯年说如果上市成功，他要占10%的股份，是他和耿先生的，我没有同意，要讨论。

我们三个人就像工作晚餐，桌子上放满了一些上市的文件，没顾得上吃菜。江雨桐一个人在喝闷酒，我看到她脸上的红晕已经延伸到了脖颈，也许是酒的作用或者是被长时间冷落的原因，江雨桐一反常态竟在饭桌上插嘴了："我说，吃饭可不可以不要谈工作？"戴斯年像不认识江雨桐一样看着她说："你不要听，你回去！""回去？你需要我时就当我是工具，不需要时就半个月不理我，我跟了你三年，这种日子过够了！"江雨桐把啤酒杯重重地放在桌子上，杯子里的酒溅到了文件上，耿先生拿纸巾来擦。戴斯年一拍桌子："过够了就分手，我也过够了呢。"

我和耿先生尴尬地坐着，江雨桐拿起酒杯，一口喝下去，来不及下咽的酒顺着嘴角流到衣服上，然后，拿包起身就走。戴斯年怔了几秒钟，对我说："去追她，把她送回去好吗？"

我追了出去，江雨桐果然喝多了，出了门，没走几步，就蹲在路边吐起来，等她吐完，我拦了一辆的士车，把她送到家里。

一进门，江雨桐说："我没事了，你走吧。""那你自己当心。"我说着走到了门口。江雨桐改变了主意："你别走，陪我说说话。"我又回到屋里，我乘势走着看了房子，两室一厅，有一百二十平方，在香港算是大房子了。

我俩在三人沙发上坐了下来，江雨桐说："今天让你看笑话了。""酒喝多了很正常啊。"我宽慰她后又恭维她，"房子不错啊！是戴斯年买给你的？""屁！"江雨桐被激怒了，"他买给我？这房子是我妈留给我的，妈已经去世了，爸再婚去了加拿大。""对不起，我不该问你私事。"我突然觉得我八卦，怎么问这些？说明我在心里关注她，想知道她的事情。

江雨桐挪过身来，又把头枕在我的肩膀上，我于是用手搂住她的腰。就这样坐了好一会，江雨桐动了一下身子，把脸窝在我的脖颈下，我禁不住抬起手抚摸着她那白皙丝滑的脸庞，看着她领口内雪白的山坡和深不见底的沟壑，再也不能自制，便把手在她的衬衫外拿捏住双峰，我们的唇合在一起，啜饮着对方。这时，我的血脉偾张，天皇老子也不顾了，一下子把江雨桐扑倒在沙发上，手伸进她的衣服内。就在这一刻，江雨桐按住了我的手，把我推开。江雨桐坐好，竖起一根食指，在自己的眼前左右摆动着说："不——行，不——行。"就像拒绝小孩冬天里要吃冰淇淋的要求。我疑惑地看着她："怎么啦？"江雨桐用手拢了一下头发说："我不想在这个房间里和第二个男人有关系。"

我的欲火被浇灭了，坐在沙发上喘气。我想快点离开这个房间，却不知道如何下这个台阶。我总不能什么也不说站起来就走吧？这不等于翻脸了？我也不能告诉她戴斯年已经不要她了，这种挑拨离间的事不能做。我坐着发呆，江雨桐走过来，说了声对不起，便把我的头埋在她的胸前，就像安抚吃不到冰淇淋而生气的小孩。

电话响了，江雨桐去接电话，是戴斯年打来的："我没事……嗯，嗯，明天再说……"我轻手轻脚去开了门，回过头来，朝着江雨桐，把食指竖在嘴唇上，江雨桐一边打电话一边点了点头，我终于逃走了。

按照计划，毕马威耿先生带两个人在做完我香港公司的财务审计后，又飞到上海对我公司进行财务审计，戴斯年也一起来上海。

耿先生他们由我上海公司财务经理接待，戴斯年说他要去见一个新认识的女朋友，要我开车。

我和戴斯年坐在车内等在建国西路的一个住宅小区门口,已经半个小时了,才见到他新认识的女朋友宋佳宜袅袅走出来,二十多岁,一米七的高个,梳个独角辫,穿着印花百拼长裙,黑色T恤镶仿巴宝莉格子的领子。这种华丽廉价的跟风时尚的衣服多在七浦路服装批发市场可以买到。宋佳宜是四川人,在上海打工生活,她是赴香港旅游,在尖沙咀购物时和戴斯年认识的,以后经常通电话。我见识了戴斯年对女人的眼光的挑剔,更领教了他对女人的手段的高明。

戴斯年早已下车,打开车门,伸出手掌衬在车门框下,等宋佳宜坐进后座时,又把她拖在车外的长裙提起,送进座位,帮她披好,关好车门,从另一边上车。

饭店是天平路上的老吉士,一个有情调的街边小店。

我刚停稳车,戴斯年照例是替宋佳宜开车门、接下车、搀着走。到了门口,戴斯年抢先一步,左手拉开门,右手朝门里做了请的姿势。进了门,也照例是拉椅子,推椅子。

入座后,戴斯年就开始向宋佳宜介绍:"这里是有名的老上海菜,很多香港明星慕名而来,你别看这阁楼地方小,上次××来就坐在你现在的位置。"我向戴斯年投去询问的眼神:"你和××来过?"戴斯年朝我挤了一下眼睛,我不吭声了。

服务员送来菜单,戴斯年接过来双手递到宋佳宜的面前:"你看看,喜欢吃什么?"宋佳宜又把菜单推了回去说:"我不会点菜,你看吧。"经过两轮推诿,戴斯年开始点菜:"油爆河虾,是这里的特色,一定要的,可以吗?"

"可以的。"

"红烧肉,再加一只酱蛋,也是特色,很好吃的,怎么样?"

"太油腻了。"

"偶尔吃一点没关系的,保证你吃了还想吃。"

"好吧。"

"清蒸鲥鱼,每个客人必点的菜,你尝一下。"

"太多了,不要了吧?"

"咳,这里吃死鱼,下次你来香港,我带你去鲤鱼门吃海鲜,全是活的!"

"是吗?"

"我再给你一个人点木瓜燕窝,美容的。"

"谢谢!"

戴斯年已经忘了我的存在,他又点了一瓶红酒,一边点一边叹气:"这里真没有什么好的红酒。"

等红酒倒好后,戴斯年举杯:"为我们上海相聚,干一杯!"宋佳宜咪了一口,刚要放下杯子,戴斯年马上帮她托起:"今天这么高兴,这杯酒一定要喝了。"戴斯年看着宋佳宜喝完,连声说:"好!好!"

戴斯年眼光在宋佳宜的身上扫了一圈,停在她那鼓胀的胸部上说:"佳宜,这身衣服很配你,穿在你身上特别有气质,我从来没有见过像你气质这么好的女孩。"宋佳宜抿嘴笑着说:"恐怕,你对每一个女孩都是这么说的吧?"戴斯年急忙分辩:"真的,真的,我从来没有夸过任何女孩,你不信问冯先生。""是的,是的。"我就像一个"捧哏"的相声演员在边上说。

酒过三巡,宋佳宜已经两颊红润,戴斯年和宋佳宜的话语也聊到深处。

"你现在在哪里上班?"

"我在卖丰田汽车。"

"你英文怎么样?"

"学校学过,这么多年不用,早忘了。"

"学呀!趁着年轻一定要多学东西。"

"下不了决心。"

"我认识ABC英文学校校长,你去学,学费五千元我付。"

"学了有什么用啊?"

"用处大了!去美国啊。"

"能吗?想都不敢想。"

"啧!你就是要想啊,到时去美国手续我帮你办,冯先生也在美国,也会帮你。"

我连忙说:"是的,是的。"

宋佳宜的眼睛里充满了渴望,痴痴地看着戴斯年。

我用惊奇的目光看着戴斯年那两片厚厚的嘴唇上下翻动着,他的甜言蜜语就像从嘴里淙淙流出的甜酒把女人醉倒。

戴斯年对微醺的宋佳宜说:"晚上,我们去宾馆继续谈,不知为什么,我觉得和你特别谈得来。"宋佳宜有点迟疑,戴斯年连忙说:"你放心,两张床,我为你的未来规划一下。"宋佳宜点了点头。

出饭店的时候,戴斯年对我耳语:"女人第一次上床难一点。"我把他们送到虹桥宾馆,戴斯年已经把手搭在宋佳宜的腰上了。

三

我和江雨桐之间,因为江雨桐的拒绝而坚守了友谊,江雨桐和戴斯年之间,因为江雨桐暂不逼婚而维持着关系。我们三人友谊的小船得以继续航行。

但是,朋友间的友谊是不能触碰利益的,否则友谊的小船说翻就翻。我们三人友谊的小船就是在触礁后翻船的。

楚子健就是这块礁石。

楚子健是我公司的副总经理,原本是上海纺织集团下属的一个区级经理,和香港的几家贸易公司做服装进出口生意。因为对国营公司的每月一千元工资不满意,一年前带着客户跳槽到我的公司,我因为看中他手里的客户资源,给他每月一万元的工资,让他单独管理带来的客户生意。

楚子健又招聘了一个外销员庄亮,庄亮是楚子健亲戚的儿子。庄亮,如同他的名字一样,是个一米八五的亮丽的小伙子,从上海外贸学院毕业后,两年内频繁地换了几家公司,一直做得不称心。庄亮在公司里叫楚子健舅舅。

江雨桐从来没有来过上海,更没有去过苏杭,戴斯年带着江雨桐到了上海。恰巧,我的老客户美国H童装公司来上海谈生意,我公司有三个副总经理,其中苏浩然参加谈生意,洪家豪出差在外,唯有楚子健比较空闲。我就让楚子健陪同戴斯年和江雨桐去苏州游玩,就这样,他们相识了。

楚子健给人的第一印象很好,四十岁,中等身材,五官端正,头发三七开,上发蜡。白衬衫西装背心,西装领带革履,把自己捆绑得规规矩矩。最独特的是他的彬彬有礼,见人就九十度鞠躬,学日本人说:"请多关照!"稍微熟悉一点后,他就会自我介绍说他信基督教,每个周末都去教堂做礼拜,他还会抽出领子里的项链末端挂着的不锈钢十字架示人,佐证他所言不虚。最难能可贵的是他脸上时刻保持着的笑容总能体现出无比的真诚。

楚子健一定研究过,这样的装束和表现,能够在最短的时间内获取别人的信任,至少是好感,生意人需要这样。

楚子健用公司的别克商务车载着戴斯年和江雨桐去苏州,在逛完了狮子林和拙政园以后,戴斯年和江雨桐对楚子健的好感已经超过了对我的好感。他们觉得和楚子健相处就像前世认识的一样,亲切到无话不谈。他们和我之间总有一点距离是无法逾越的,就像戴斯年向我毫无保留地谈了对女人的看法,我只是认同却没有表态。

戴斯年有点吃惊,没想到大陆竟然也有像楚子健这样的有绅士风度的人。

中饭是在得月楼吃的。得月楼已经不是以前的得月楼了，如今要吃到正宗的苏州菜不容易了。快速致富的观念改变了老字号的特色，也改变着人们的价值观，只要能赚到钱，手段并不重要。

他们一行四人，包括驾驶员，在亮漆的仿古八仙桌和长凳上坐下。楚子健点菜时，江雨桐说："不要点太多，中午吃不多的。"楚子健想幽默一下："我们老板钱多，不要替他省钱好吗？"楚子健说完觉得这么说不妥，又换了一个角度说："我不把你们招待好，老板不要骂我啊？"江雨桐不说话了。楚子健点了松鼠鳜鱼、响油鳝糊、蟹粉豆腐、清炒虾仁、东坡肉、太湖三白羹。

江雨桐吃了赞不绝口，说苏州菜比上海菜好吃。戴斯年说苏州菜不入流，哪里比得上广东菜。楚子健说你们没有吃过老早的得月楼，那苏州菜才真的好吃。

酒过三巡，菜过五味。戴斯年已经放下筷子，一只手用牙签剔着牙缝，一只手捂着嘴巴："子健，你在公司里工资多少？方便问吗？"楚子健也放下筷子说："每月一万元。"戴斯年眼睛一亮说："哦！不少了，都赶上香港人了。"楚子健笑而不答，引得戴斯年再问："我说得不对吗？"楚子健犹豫了一会才说："你知道我帮老板创造多少效益吗？"戴斯年放下牙签，坐直身子："这么说，你们老板赚这么多钱，都是靠你喽？""也不能这么说。"楚子健突然看了一下旁边的驾驶员，"你去车上等着吧。"等驾驶员离开了，便接着说，"公司的客户都是我的。"

戴斯年把头略微歪着做沉思状,片刻又把头正过来说:"按照这种情况,你们老板应该给你利润分成的。"楚子健耸了耸肩说:"我们老板门槛不要太精噢,哪里肯分成呢?"戴斯年好奇地问:"那,你为什么不自己出来做呢?"楚子健说:"要有自己的公司的呀。"戴斯年依然好奇:"成立公司还不容易吗?"楚子健说:"大陆的个体户、私营公司,人家不相信。现在的人崇洋媚外,有一家香港公司就好做生意,赚的钱又可以放在外边。"

戴斯年接下来就有点明知故问了:"那你就去香港注册一家公司好了?"楚子健说:"你说得轻巧,我老板,还有你们都是香港人,当然能注册,我是大陆人。"

戴斯年不再问了,在戴斯年和楚子健的眼神中,双方都看到了自己所需要的东西。这时,戴斯年和楚子健都陷入了沉默,谁也不愿意打破这种沉默,就好像两个对赌的赌徒,都想知道对方的底牌而不肯先出牌。

谁先开口,将承担背叛主谋的罪名,另一个只是从犯。

到底是戴斯年沉得住气,他拿起小碗盛了一碗太湖三白羹,低着头用调羹慢慢喝。

楚子健终于先开了口,他装着随意地说:"要么,你们注册一家香港公司,我们一起做。"

戴斯年把刚准备放进嘴里的调羹放回碗里,抬起头看了一眼江雨桐,江雨桐也正好看向他,双方在眼神中取得了默契,戴斯年又把目光转向楚子健说:"你说怎么做?"

大家都亮牌以后，谈话就直接了。

楚子健说："你们是老板，上海的生意我来做，赚到钱大家分。"戴斯年问："怎么分？"楚子健说："你们说了算，我这个人不计较的。"戴斯年没有接下去谈，而是问："你手下有人吗？"楚子健早有打算，就说："外销员庄亮，是我的人；技术员老王肯定跟我；何敏，公安局做过的，让她搞外交和财务……"

何敏，女，三十五岁，公安局户籍科民警，退职。学过财会，中等身材，中度肥胖，大饼脸。她是我的朋友，没事就在我的公司坐着，帮我办过一些工商税务外经贸委方面的疏通，可是胃口太大，我没有全满足，于是，便在我背后说我不够意思。

楚子健看好何敏的关系网，对她说以后有机会一起赚钱，何敏当即表态有他这句话不拿报酬也愿意。自然，楚子健可以把何敏看作他的人。至于技术员老王在公司技术员中工资是最低的，对公司早有不满。

戴斯年知道做生意诸多必要条件缺一不可，便还是问："做货的服装厂有吗？"楚子健正好想说："有！泰州山立服装厂，一千个工人，一直帮金丰做货，杨厂长说了，我出来做，他全力支持。"

万事俱备只欠在香港注册公司的东风了。戴斯年这才松了口气说："好，我们合作。"不料，江雨桐说话了："这样不行，你们什么都拿走了，金丰公司怎么办？"戴斯年并不看江雨桐，而是对楚子健说："今天这个事情是你提出来的，你自己去和你们老板讲清楚,和我们没有关系。"

楚子健正色道:"我又没有卖给金丰公司,我是自由的,想去哪里,别人管不着,当然,老板这里我会去说的。"江雨桐还是不依:"你要出来,就自己一个人走,不要伤害金丰公司。"楚子健笑而不答。

戴斯年让楚子健先出去一下,用少有的认真对江雨桐说:"不是我们,楚子健也会出走,这事情早晚会发生,和我们没有关系,金丰公司怪不得我们。"见说不动江雨桐,戴斯年又动情地说:"这个公司的老板是你,我不要这个钱,要找楚子健这样的合作伙伴不容易的。"江雨桐沉默了。

就这样,他们在得月楼谈了一个下午,本来准备去虎丘和寒山寺也不去了。

四

一个月以后,戴斯年和江雨桐秘密飞到上海,他们要在上海召开新公司的第一次董事会。

他们注册的新公司叫香港诚联国际有限公司。注册地址是江雨桐的家里。然后,在上海注册了香港诚联国际有限公司上海代表处,楚了健出任代表处首席代表。

楚子健要求香港诚联打十五万人民币到上海,作为代表处半年的费用,用于办公室租金和人员工资。楚子健说服装生意从接单到出货收钱，一般要四个月。

戴斯年是老江湖，阅人无数，他已经作出了判断，楚子健是个人才，是可以信任的，并且是可以控制的。但他生来对任何人都是有防备的，即使是他的大哥。楚子健提出打款十五万人民币的要求是合理的，而且，美国货款是打到香港诚联的账户上的，留下利润，再把工厂的货款打到大陆去，也就是说江雨桐掌握了财政大权。于是，他让江雨桐把十五万人民币汇到了上海代表处。

戴斯年对江雨桐的想法是，只要她不提出结婚，放在身边，多一个女朋友也无妨。现在他帮江雨桐找了一个自谋生路的办法，也是借花献佛，以后自己也不必花钱养她了。这些年，他时不时地给江雨桐三万五万的，平时更多的是买衣服买包买手表。

至于上海女朋友宋佳宜，戴斯年打算安排在上海代表处上班，这样他沪港两地就都有女朋友。自己既不要负担宋佳宜的生活费用，又可以在上海代表处安插一个耳目，真是一举两得。

戴斯年还有更长远的打算，如果香港诚联公司可以做到像金丰公司那样，他就将它包装上市，由自己控股，这有什么不可能的呢？做生意就是要有客户，金丰公司的客户不都在楚子健手里嘛。

然而，戴斯年是无法看到楚子健的内心世界的。楚子健在戴斯年和江雨桐的面前俯首帖耳，就像当初到金丰公司一样，都是权宜之计，是跳板。他绝非久居人下之人，他早晚要自己做老板的，他坚信，凭自己的本事不会输给任何人，为了达到自己的目标，他可以像韩信一样忍胯下之辱。

他现在为香港诚联公司做生意，钱汇到香港诚联，他明白，公司今后赚了钱，他是拿不到大头的——凭什么我辛辛苦苦做生意，你们不劳而获。他已经叫他的老婆悄悄地去了趟香港，开了账户，到时候叫美国H童装公司把一部分货款作为辅料或者佣金打到他老婆的账户上，剩下来的才叫江雨桐汇到大陆的工厂，就说这个单子不赚钱，就说来日方长。而生意中有什么法律税务上的风险，自然是由香港诚联老板负责，自己只是打工的。

但是，楚子健没有想到的是，有一个人也在打他的主意，这个人就是何敏。上海代表处的工商税务外经贸委方面的登记注册，都是她去办的，根据中国法律规定，境外公司在上海的代表处必须设立在涉外宾馆内，她已经租下了静安宾馆的1002房间作为办公室。何敏以前学的财会专业，楚子健就安排她担任上海代表处的财务和出纳。

所以，当她提出在代表处做事不要工资时，楚子健、戴斯年和江雨桐都很感动，楚子健说以后分红多拿一点，戴斯年和江雨桐都认可。

何敏果真不要钱吗？她要的是这个代表处的财政大权，她甚至是要定了楚子健这个看上去容易掌握的男人。有一句话说：男人是通过征服世界来征服女人，女人是通过征服男人来征服世界。她要通过控制楚子健来控制这个公司，自己才是这个公司的老板。到那时，和自己那个当国企职员的窝囊废男人离婚。她离了婚，不怕楚子健不离婚。为了达到这个目的，租下静安宾馆1002房间的当天晚上，她就和楚子健在房间内发生了关系。

当局者迷旁观者清。所有这些未露出水面的潜在的矛盾，都被一个局外的高手看穿了，他在不动声色地等着将来收拾残局，到时候来摘桃子。他就是山立服装厂的杨厂长，他虽然无法预测事件进程的时间表，但是，他确定这个叫"诚联"的公司，既非以血缘为纽带的家族公司，也非真实出资的协议约束下的股份公司，而是缺乏诚意的各种利益的苟合。他确信这种合作是不长久的。

而且，他认为诚联公司的订单都是由他的厂生产，他拥有真正的实体，应该有话语权，而诚联公司只是皮包公司。

杨厂长，五十多岁，农民企业家，脸庞黝黑，手掌粗糙，是早年种田留下的印记。皱巴巴的涤纶西装当工作服。烟不离手，烟蒂乱扔，随地吐痰，就是在宾馆大堂的大理石地面上和房间的地毯上也如此。他本来是乡里的干部，后来把一个十几个人的小厂发展到现在一千个工人的大厂。他在厂里是土皇帝，泰州市的市长见了他也要让三分，他如何能服帖这几个后生。

他之所以要加入诚联公司这个圈子中，就是在等将来熟悉了客户以后，跳过诚联公司，直接和客户做生意。他根本不需要诚联公司，只要抓住年轻单纯的庄亮，许以高薪，把他拉进自己的队伍，到时候，他就可以把工厂的利润和诚联公司的利润通吃。其实，他连庄亮最终也不会要，他会让自己大学毕业的会英文的儿子加入进来，学会了再把庄亮踢掉。

但是，庄亮真的是杨厂长眼中单纯的年轻人吗？是楚子健当作外甥的自己人吗？所有的人都小看了他。

其中，唯一没有阴谋，没有算计他人的是江雨桐，她是诚联公司必不可少的人，又是最没有用处的人。她的私心是，能够自立，不靠男人，今后戴斯年不要自己了也没有关系。就是因为这个私心损害了金丰公司，使她成为唯一心中有内疚的人。

第一次董事会在挂着"香港诚联国际有限公司上海代表处"铜牌的静安宾馆1002房召开了。这是一个套房，外间是会议室，里间有两个房间，大间是几张办公桌，小间是楚子健单独的办公室。

参加会议的有戴斯年、江雨桐、楚子健、何敏、庄亮、杨厂长，除了杨厂长外，其他人都是董事会成员。按照楚子健一贯的说法，大家都是老板，赚到钱大家分。

戴斯年是不会相信这种说法的，他觉得，一个正规公司怎么能没有董事会决议呢？他希望在今天的会议上通过一个分红比例或者说是股权比例，以及相应的职权利的条款。当然，他心里是有分红方案的：戴斯年、江雨桐、楚子健各30%，何敏和庄亮各5%。戴斯年对江雨桐说过，他的30%是给江雨桐的，他觉得这个方案应该是公道的，他想在今天的会上通过这个协议。

会议室的长桌正好坐六个人，戴斯年坐在朝门的桌首，他的右边是江雨桐，左边是楚子健，江雨桐边上是何敏，楚子健边上是庄亮,杨厂长坐桌尾。

会议开始了,楚子健习惯国营单位的程序,用国语一字一顿地说:"今天,香港诚联国际有限公司,第一次董事会,隆重——召开。"说完,他带头鼓掌,众人都鼓起了掌,只是,就六个人的掌声形不成气势。"下面,我们热烈欢迎董事长戴斯年先生和江雨桐小姐作重要指示!"又是鼓掌。

戴斯年觉得浑身起了一层鸡皮疙瘩,双手微微向下压压说:"好了,好了,谢谢。"他硬是将这种官样语言调整到口语化:"今后,公司的业务都要仰仗在座的各位了,我们是正规公司,今天先讨论一下董事的分红比例,大家对这个问题有什么想法吗?"

楚子健充满激情地说:"我们没有想法,你们两个是老板,我们是打工的,分红的事,老板说了算,我们以前在金丰没有分红,不也照样做?"

何敏马上附和道:"是啊!钱还没有赚进来,就谈分钱,多伤感情啊?说不定以后钱多得拿不动,大家还谦让呢。"何敏说完推了一下边上的江雨桐说:"你说是吧?"江雨桐觉得大家讲得都有道理,只是看着戴斯年。

戴斯年看着这几个法盲,有些不满,刚想驳斥,却不料何敏的话还没有讲完,就一把挽起江雨桐的胳膊:"你们两个老板要晓得噢,这次注册上海代表处,工商税务外经贸委公安都要跑,我吃力死了,人家办这些手续起码要两个月,我一个月搞定,我请客送礼都是自己掏钱的。还有这个办公室,人家租要一万五千元,我请他们总经理吃饭，搞定他，最后只要九千元，帮你们省多少钱啊。"

江雨桐听了这些话，心里反感，但嘴上还是说："谢谢，谢谢。"

庄亮见何敏婆婆妈妈地说个没完，就打断她："你这种小事不要多讲了，我向老板汇报一下生意落实情况。"这是戴斯年最想听的事情，便鼓励他："对！庄亮，你说。"庄亮从包里拿出了英文邮件说："美国H童装公司是金丰最大的客户，我经过沟通，向他们介绍了诚联公司，是从金丰分出来的部分人员，泰州山立服装厂也是原来的工厂。我又告诉他们，诚联公司比金丰公司价钱要低5%，客户已经同意让我们试一单，第一个单子五十万美元。"庄亮见两个老板向他投来赞许的目光，便不失时机地表功："我白天在金丰上班，晚上回家再联系客户，日日夜夜做噢。"

这个消息无疑是令人鼓舞的，戴斯年只能先放下分红方案，表扬一下庄亮说："嗯，庄亮不错！"

楚子健大声说："庄亮头功，奖励大大的。不过，我还有好消息，我联系了香港大利洋行，这个公司我已经做了十年了，我跟他们说我现在到诚联公司，他们老板说我到哪里订单跟到哪里。"

这个消息又是喜上加喜。戴斯年也被挟裹到胜利的狂欢中，他决定不再摊出分红方案，万一方案谈不拢，伤了谁的积极性倒麻烦。等年底，赚了钱再作打算吧，反正钱在自己的控制之下。他也讲了几句应景的话："有了单子，一定要安排好生产，要让客户觉得诚联公司做得比金丰好，我们才有前途。"

话音刚落，楚子健抢着表态："老板放心，我们在一年内超过金丰，你们就等着收钱吧！"

何敏又抢过话头："我们肯定超过金丰，要把金丰搞垮，让金丰的老板跪在我……我们面前。"她本想说我，觉得不妥又改成我们。

江雨桐听了这话很不舒服，她拉住何敏的袖子抖了抖："不要说这种话呀！"

这时，杨厂长泼了盆冷水，语速缓慢地说："不要小看了金丰公司，金丰不是一天两天建立起来的，我们要学习金丰的管理和他们的业务流程。现在我们是一条船上的人，我肯定会尽最大的努力，如果赶不上金丰，我倒也是不服气的。"

楚子健说："杨厂长说得好，这一点我早有准备，金丰公司所有的流程表和公司规章制度，我都收集好了。"

这本应是第一次的董事会，结果开成了表功会、誓师会，人人摩拳擦掌，准备大干一场。

五

对于楚子健和戴斯年他们的行动，我并非没有觉察，其实早有蛛丝马迹。比如庄亮最近加班多了，比如楚子健常常会走出公司去打电话，比如楚子健和没有工作交集的技术员老王接触多了，又比如邹宁说戴斯年和江雨桐到上海了,我却不知道。

但真正了解内情是杨厂长的告密。在他们开董事会的当天晚上,杨厂长把我公司副总经理苏浩然约出来,当面通报了,他们两人本来私人关系就不错,加上杨厂长认为纸包不住火,此事早晚会公开,还不如第一时间告诉金丰公司,也算为自己留一条后路。苏浩然也是当天晚上向我汇报了情况。

第二天早上,一上班,我把楚子健叫到我的办公室,楚子健坐在我办公桌对面的椅子上。我努力想从他那五官端正的脸上,看出一点阴谋的迹象,然而,从他的微笑表情中只见到坦然。这需要多大的定力啊。

楚子健把绷紧的西装纽扣解开,调整了一下坐姿,这才打断了我的专注。我问:"你最近忙什么呢?""还能忙什么?总归是忙公司的事咯。"楚子健反过来试探我知道什么。我进一步问:"你老去静安宾馆干什么?"楚子健怔了一下,又镇静下来:"见客户啊,一个香港的客户住在静安宾馆,我去拜访的。"

我终于看出一点破绽,他脸上的笑肌僵硬,这是长期微笑的结果,一般人哪里需要老是笑?而且一个嘴角有点上翘,便看出隐藏的奸。

我摊牌了:"你们昨天不是开第一次董事会了吗?你打算瞒我多久?你是想一直拿我的工资做自己的事?"楚子健把头侧过去,望着窗外。沉默了几分钟,楚子健低下了头,不敢看我:"本来想跟你说的,但又不敢说,毕竟你对我也不错。是戴斯年和江雨桐叫我去帮忙的，戴斯年说他会向你解释的……现在，既然已经说开了，我就正式向你辞职了……我有好的去处，你也应该放我走吧，我对公司也是有感情的，今后，如果你需要我，我马上过来帮忙，工资也不要。"他说完，抬起头，恢复了微笑。

我历来不肯浪费时间，讲话也是惜字如金，没用的话一个字也不会说。

我说："你立即就走，不准带走任何东西。"他刚要开口说什么就被我打断："闭嘴。"我把洪副总经理叫过来，看着他在公司拿走个人物品。公司还有五个人，在同事的监督下，当场收拾东西走了。我不想他们带走公司资料，当然，之前他们已经拿走了一些。

他们走了以后，我即刻把副总经理洪家豪、苏浩然以及我弟弟叫到办公室，商量对策。洪家豪和苏浩然都是当初跟我出来创业的，是可以信任的。

洪家豪说："这只笑面虎，老早就看他不像好人，当初我就说不要收留他。对这种人不能便宜他，搞垮他。"

我说："怎么搞？"

洪家豪说："举报工商税务，他们代表处是不可以经营，只能做服务的。"

我说："你怎么去鉴别经营和服务的区别？你要花时间去调查？值得吗？"

苏浩然说："我马上联系下面的工厂，不要跟他们做生意。"

我说："有用吗？工厂都是看利益，谁会听你？"

苏浩然说："那，我去和楚子健谈，加他工资，让他回来，或看他有什么条件？"

我说："人家想做老板，你条件谈得拢吗？"

弟弟说："废什么话，我带人把他打一顿，办公室砸光！"

我说："生意上的事不能用武力解决。"

弟弟、洪家豪、苏浩然几乎异口同声："你说怎么办？"

我说："随他去，不去管他。"

弟弟说："你也太客气了，太懦弱了！"

我说："做生意，每天都有人抢生意，我们会碰到很多楚子健、戴斯年，你打得过来吗？"众人无语，我又接着说："明天开始，重组公司人员，不要乱了阵脚，好在公司七十个人，只走了六个人。客户有可能受影响的只有30%，大部分客户他们是不接触的，十家服装厂中只有山立厂跟他们走，其实影响不大，不要慌。"

众人看着我，洪家豪问："现在，我们做点什么？"

"现在？涮一顿啊！带上两瓶茅台酒。"我一挥手说。

晚上，我打电话给戴斯年，电话接起来，那头环境嘈杂，还伴有卡拉OK的歌声："喂，兄弟啊，想我了？"戴斯年走出歌厅，我才开口："你把楚子健拉走了？挖我墙脚？这种事你也做得出来？"戴斯年反倒惊讶起来："啊？楚了健没有和你说过啊？他说你同意的，册那！这个畜生骗了我。如果你不信，我们三个人当面对质。"我说："算了吧，你们董事会都开过了，你装什么？"戴斯年电话那头沉默了一会儿，又说："咳，事到如今也讲不清了，公司是江雨桐的，我又没有股份，这样，就算我们帮帮江雨桐，其实江雨桐喜欢你，我看得出来。"

我打算挂电话："算了，我没你这个朋友。"戴斯年急忙喊住："这就没意思了，我们还要上市呢，毕马威耿先生已经开始工作了。""我决定不搞上市了，我对你不放心。"我坚决地按了电话。

我又打电话给江雨桐，电话响了很久后自动断线，我第二次打过去才被接起，电话那头一点声音也没有，我独自一个人在质问："江雨桐，你们怎么能做这种事？我真是瞎了眼，认识你们……你说呀，你说……"电话那头只听到几声鼻音，直到我挂了电话也没有听到对方一个字。

虽然，这两个电话也是废话，但我也是性情中人，该发的火还是要发掉，他们听不听是他们的事情，发完火了这事就结束了，恨也跟着结束了。

楚子健虽然人曾在金丰工作，却完全不懂得金丰的团队是一条精密的流水线，市场销售、生产管理、技术质量、财务成本，这些环节控制是缺一不可的。

楚子健接了美国H童装公司的五十万美元的订单，以及香港大利洋行的十五万美元的订单。H童装公司的第一个订单做得并不顺利，交期晚了被扣除五万美元，于是两个订单就只能收六十万美元。楚子健没有做任何财务成本分析，和开销费用的预算，他想从这些单子中拿走五万美元，便以购买辅料名义让客户把钱直接打到他老婆香港的账上。这样到了香港诚联的账上只剩下五十五万美元，他叫江雨桐汇五万美元到上海代表处的账上，换成四十多万人民币，全部提现金放在办公室的保险箱里，人员工资、办公室租金、其他费用，包括他老婆来拿的家用，都在这个保险箱里拿。

这样，江雨桐账上还有五十万美元，她先扣除了自己先前垫付的十五万人民币和多次出差费用折合三万美元，她认为自己应该拿五万美元的利润，最后还有四十二万美元付给泰州山立服装厂。而当初两个订单总价六十五万美元，实收六十万美元，诚联公司和山立服装厂的合同是五十五万美元，也就是说诚联公司所有人员工资费用利润都在差价五万美元里了。可是没有人管钱够不够，只管拿。

泰州山立服装厂的应收款少了十三万美元，杨厂长找楚子健，楚子健说该找江雨桐。杨厂长找江雨桐，江雨桐说该找楚子健。杨厂长把香港诚联公司告上了法庭。

何敏这半年来，虽然名义上没有工资，但拿了假发票以交际费形式来报销，每月也有四千多元，她伸长了脖子在等年底分红，没想到公司入不敷出，她不能再等了，她自己开了保险箱，拿走十万元，然后，不来上班，玩失踪。

楚子健发觉保险箱里钱少了很多，具体少了多少，他也不知道，何敏又失踪了，楚子健去法院起诉何敏贪污，何敏收到起诉书。

何敏冲进办公室，对着楚子健就打耳光："你这个臭男人，你不是说给我分红的吗？你不是说要离婚的吗？你……"她骂一句打一个耳光，楚子健被逼到墙角，毫无还手之力。绅士风度完全不敌这种不按套路出牌的下三烂手段。

何敏把楚子健的老婆找来办公室，把当初偷录下来的楚子健说老婆性冷淡和要离婚的录音放给她听。楚子健老婆本来就怀疑他们有奸情，楚子健死不承认，今天居然野女人找上门来羞辱她，她拿起茶几上的烟灰缸砸向何敏，骂道："你们这对狗男女，我和你们拼了。"冲上去抓何敏的头发。何敏骂道："你们才是一对狗男女。"何敏本想抓她脸，但被抓住头发按低了头，就手撕她衬衫，几下便连胸罩也拉下来了，露出白花花的奶子直晃。楚太太只能松手，护住胸。何敏腾出手去撕楚太太的裤子，楚太太就用脚踢何敏下身。

楚子健哪里见过这种场面，跑出去叫宾馆保安。

庄亮嘴里喊"不要打了"，却君子动口不动手，站在她俩中间，细看一招一式，就像摔跤裁判员。他甚至会低头察看露白的地方，就像确定"运动员"的伤情。后来其他房间的人也来围观了。再后来保安上来拉开了。再再后来，楚太太一气之下把香港账上的五万美元和家中所有的存款拿出来，带着女儿去了澳大利亚。

楚子健想不明白，他怎么会走到这种地步？他认为坏在何敏身上，这个女人太毒辣，怎么不念一日夫妻百日恩呢？他又认为江雨桐不顾大局，现在公司刚开始运作，怎么可以擅自留钱呢？以后有的是机会赚钱。他又认为杨厂长太绝情，怎么可以起诉到法院呢？这一单亏了，下一单再赚回来嘛，眼光太短浅。唯独庄亮表现不错，到底是自己人。

据庄亮汇报，美国H童装公司的安东尼明天要来上海谈生意，他一定要打起精神来，他必须继续得到H童装公司的订单，没有订单，他就无法翻身。

安东尼，精明狡猾的犹太商人。每一次谈生意，安东尼都会抓住对方的软肋，在气势上压倒对方，逼对方让步，以达到自己的目的。

安东尼面对楚子健和庄亮说："你们上一个订单做得不好，交期晚了，而且，我们收到货，发觉质量上也有很多问题，如果，你们不能改进，以后就不和你们做生意了。"

庄亮如实地向楚子健翻译了这段话，楚子健一个劲地点头。安东尼善于察言观色，他从楚子健的神态上已经确定他对这个订单志在必得。于是，安东尼说："上次订单五十万美元，这次是翻单，你必须让5%，四十七万五千美元成交，否则我把订单给别人。"

庄亮又如实地翻译了这段话，楚子健考虑了一下，虽然少了5%，总比没有订单好。楚子健对庄亮说："告诉安东尼，我接受四十七万五。"

庄亮用英文告诉安东尼："楚先生说了，这次价钱必须五十五万美元,少一分钱不做。"楚子健听不懂英文,还是在边上不断点头。

安东尼听糊涂了,他对楚子健的判断竟然错了,楚子健的点头是坚定自信?安东尼只能让步了。安东尼说:"五十万,多一分钱也不行。"

庄亮对安东尼说:"楚先生已经有别的公司订单了。"安东尼又看着还在点头的楚子健想,这家伙,点头原来是嘲笑我,便发怒了:"不想和你们浪费时间了。"

庄亮已经把楚子健扔在一边,和安东尼慢慢谈:"上次订单问题很多,主要是楚先生管理太差,现在山立服装厂愿意和你直接做生意,其实你们都不需要这个中间商。山立服装厂接受四十七万五千美元的价钱,他们欢迎你去考察。"

安东尼脸上又恢复了自信的笑容,和庄亮具体洽谈H童装公司和山立服装厂的合同细节,并约定时间去访问山立服装厂。

洽谈结束,安东尼离开时,心想和楚子健生意不成仁义在,便礼貌地和楚子健握手道别,安东尼也学着楚子健的礼节,两人此起彼伏地点头。

送走安东尼,楚子健问庄亮:"你们怎么谈这么久啊?"庄亮说:"舅舅啊!安东尼本来不相信你能做好单子,我一直在说服他,他才相信你了。"

楚子健眼里含着泪花,拍着庄亮的肩膀说:"兄弟啊!这个单子赚了钱,我和你对半分成。"

六

其实，杨厂长已经把庄亮拉过去了，给他每月工资五千元，比以前翻一倍。所以，这次安东尼来，庄亮是代表山立服装厂谈生意的，楚子健全蒙在鼓里。

杨厂长出资在上海宾馆925房间设立了"泰州山立服装厂上海办事处"。庄亮白天在静安宾馆上班，晚上在上海宾馆上班。

楚子健一直在等美国H童装公司的订单。而代表处保险箱里的钱早就用完了，工资发不出，员工跑光了，当然也包括庄亮。静安宾馆的租金付不出，人家要赶他走，连电话费没付也停机了。更麻烦的是，他连吃饭的钱也没有。他这才痛切地感到，他从离开金丰公司，就走上了一条不归路。他开始后悔，当初在金丰公司是何等的悠闲啊！

人到了这种地步是不会要自尊的，楚子健又走进了我的办公室。他呆呆地站着，浑身散发出一股臭味，人瘦得像猴子，身上的西装一下子大了很多。他的脸上已经没了笑容，怯怯地说："老板，我错了，我不是人。"我突然没了恨，叹了口气，手搁在办公桌上撑着头，不去看他。他又说："你能让我回来吗？要我做什么都可以。""你还怎么回来啊？不可能了，没人容得下你的。"我的心肠又软了。"你帮帮我，我连吃饭的钱也没有。"他依然在说，我抬起头，看到了他没有笑容的脸上出现的真诚才是可信的，但是没有自尊的真诚却变成了奴颜婢膝，我突然有点火上来："如果连自己都养不活,算什么男人!"我拿出五千元给了他:"自己省着点用吧。"楚子健接过钱,退后一步,刚要作势九十度鞠躬,我连忙喝住他:"别,别来这一套。"

楚子健苦苦等待的 H 公司订单已经在上海宾馆 925 房间的山立服装厂上海办事处开始操作了。925 房间就一间房,除了老板杨厂长的办公桌,还有庄亮、杨厂长儿子杨成、山立厂的技术员小李的办公桌,共处一室,房租每月七千元。

杨厂长在上海设立这个办事处,其实费用不菲。他是有战略上的打算的,就凭他地处泰州的工厂,永远只能找人家二手,甚至三手的订单,他希望在上海立住脚,找更多的像美国 H 童装公司那样的一手单。

他觉得楚子健的能力根本不能和自己比,当然,金丰公司有值得他学习的地方,他至少要达到和金丰公司平起平坐的地位。

然而,杨厂长的自信从一开始就是盲目的,他忽视了一个道理:工业和贸易,生产和销售是有区别的,尽管这两者是相通的,相连的。

按照和客户的约定,客户的信用证开到泰州市外贸公司,杨厂长拿了这个信用证到银行贷款 70%,用于生产。

客户要求这个翻单要和前一个订单的风格一样,于是牛仔布、拉链、皮牌、铜扣就要用以前诚联公司采购的供应商。现在,只有庄亮知道这些供应商,也只能由庄亮负责采购,杨厂长就负责付款。

庄亮和布厂勾结，虽然布的价钱和以前一样，但是，纱支的等级降低，布面就粗糙，有纱结，没有水洗之前是看不出来的，辅料也都偷工减料，这样庄亮就从中拿了十几万人民币的回扣。而杨厂长付钱拿回了有问题的面辅料，他在做货过程中发觉了一些问题，但是，庄亮说这些样品已经寄给美国H公司，客户接受了。

就这样，货做完发往美国，美国H童装公司收到货，在验货时发觉了质量问题，于是作退货处理。

而在英文的信用证条款上，美国H童装公司规定凭货物收据而不是凭船运提单提货，这样就变成先提货后付款，这一点庄亮是同意的，杨厂长是不懂的。

货出去了，收不到钱，银行贷款二百六十六万人民币是要还的，加上上一次诚联公司的订单少收十三万美元，杨厂长顿时如天塌了一般，工厂被迫倒闭。

杨厂长在当地报了警，经过公安侦查和检察院起诉，布厂、辅料厂给庄亮的回扣都有他的签字，证据确凿，加上造成严重后果，属于职务犯罪，庄亮被法院判了三年徒刑。

杨厂长起诉香港诚联公司的案子，法院发传票到香港，戴斯年对江雨桐说不要理会。法院作出缺席判决，香港诚联公司应付泰州山立服装厂十三万美元和相应的利息。

江雨桐已经忘了这件事，在去深圳游玩回港时，被罗湖边防收缴了回乡证，限制离境。江雨桐飞到上海，与杨厂长通电话理论，杨厂长说："你找法院，我已经和你没有关系了。"

我打电话骂江雨桐那次，就把她的电话号码删除了。这天，我接起了一个陌生电话："喂，哪一位？"却没有声音，我正要挂电话，话筒传来女人哀伤的声音："是我，江雨桐……"我一惊："有事吗？情绪这么低落。"

江雨桐把法院判决和被限制离境的事告诉了我，"帮帮我好吗？"江雨桐说。我沉默了一会说："我了解情况后再说。"

我打电话给杨厂长，杨厂长的声音是极其虚弱的，他断断续续讲了遭遇退货和欠债的情况，并且告诉我，他得了晚期肺癌，医生说还有三个月。杨厂长说他是自己作死，怪不得别人。他希望我在他死之前帮他把货卖掉，还清贷款。

我把这一情况告诉了副总经理洪家豪和苏浩然，他们聚在我的办公室，我们三人像过节一样，喜形于色，竟"哈哈"地狂笑了好几分钟。

洪家豪抹着眼角的泪说："报应啊，报应。活该，我早就料到他们有这一天。"苏浩然笑容凄惨："真作孽啊！听山立厂的人说，杨厂长生癌在家，工人上门讨工资，检察院还要叫他去谈话。楚子健欠辅料厂的钱没付，逃到外地，失踪了。"洪家豪说："今天喝茅台，好好庆祝庆祝。"我们处在幸灾乐祸的狂欢中。

我高兴之后，便是不安，如果当初我不是安排楚子健接待戴斯年和江雨桐便不会有这个惨剧发生。

我心中也有过恨，可是，当时发完了火，这恨也如同酒精一样，随着火一起烧完了，早没了痕迹。如今，他们请求我帮忙，一个是快要死的人，一个是回不了家的女人，我有什么理由拒绝呢？况且，除了我，也没人可以帮他们。

我分析了这个案情，要解决这件事，关键是把美国的退货解决掉。我让杨厂长写了货物授权书，放下手头的事飞去了纽约，我找到H童装公司，这批货在他们的仓库里，我在取得了他们商标权释放的授权书后，另找买主。最后有一家折扣连锁店愿意打七折收这批货，于是，有三十三万美元的货款打到了我美国的公司。

我又飞回上海，通知杨厂长和江雨桐，约时间到我办公室谈判。他们俩都不肯多等一分钟，当天就来了。

杨厂长果然病入膏肓，形容枯槁，江雨桐就像美人迟暮，形容憔悴。在尴尬的寒暄之后，他们坐定。我看着他们，心中生出厌恶，突然觉得我多管闲事。

我开门见山："愿意解决问题吗？"

"愿意，愿意。"两人急忙表态。

我对杨厂长说："我替你卖掉的货有三十三万美元，打给你，你放她走，向法院撤诉。"杨厂长黯淡的眼神亮了起来，他没有想到我替他卖掉货，没有赚他的钱："好！好……但是，诚联欠我的十三万美元怎么办？"江雨桐急了："我垫下去的钱怎么办？你总不见得……"我向江雨桐竖起手掌，阻止她说话，我还是对杨厂长说："十三万美元中，五万美元是美国H公司的晚交货的扣款，理应你承担，江雨桐再打五万美元给你，江雨桐留下三万美元是她垫款收回。"我再转向江雨桐："你能收回垫的钱就不错了，还想赚钱？"双方在心里盘算着。

我不想为他们多花时间，就说："这个方案，行就行，不行，我不管了，你们自己解决。"他们异口同声说："好，好。"

以后，杨厂长是如何还贷款的，他和江雨桐的法院调解是如何完成的，江雨桐是何时回到香港的，我并不知道。只是，四个月后杨厂长的儿子打电话给我，说他爸去世了，希望我能够参加他爸的追悼会。

我没去参加这个追悼会，完全不是因为记恨他，而是因为由我而起的这场生意上的争斗，竟引得多人家破人亡。

我不去追悼会是兔死狐悲，我不知道，在今后生意的争斗中，我能活多久？

令我想不到的是江雨桐倒去参加追悼会了，参加完后她到上海，打电话给我，说要请我吃饭，我正犹豫，她说："你必须来！"便挂了电话。

江雨桐订了虹梅路小南国饭店的一个小包厢，我下班后赶到时，江雨桐已经把菜点好了。江雨桐神采飞扬，一扫之前的颓废，我心想她不会因为杨厂长死了高兴吧？不会！她真要这样何必去参加呢？何况还送了五千元的赙金给家属。我断定，她觉得和死去的人比，活着就是幸福，参加完追悼会的人都会这样想！她已经从阴影中走出来了。

我们聊了很多。

我问起戴斯年，江雨桐说戴斯年的公司已经在香港上市成功，他现在是上市公司主席。他包了一个香港的电影女明星。

江雨桐说，邹宁通过戴斯年帮上海一家国营企业做上市，戴斯年在这个交易中赚了五百万元，但是上市受阻，邹宁涉嫌诈骗被抓进去了。

江雨桐又说，戴斯年当初说等他女儿大学毕业就和她结婚，后来又说等上市成功和她结婚。她现在已经对他不抱希望了。

江雨桐还说，她明天就回香港，她订了机票去加拿大，准备找一份工作，再找个人，把自己嫁掉，上海人不要。

江雨桐又把他们当初得月楼密谋、第一次董事会以及后来事件的演变，都告诉了我。往事都付笑谈中。

江雨桐说她做了对不起我的事情，希望能听到我说原谅她了，否则，她会一辈子不得安宁。我说原谅她了。

这顿饭，我们聊了三个小时。

从小南国饭店出来已经是晚上十点了，我按下遥控车钥匙的按钮，奔驰车发出"嘀嘀"两声，车灯自动亮了，我和江雨桐各自走向车的两边，就在我将手搭在门把手的一刻，我突然叫了一声："等一等。"然后快速越过车头，向江雨桐跑去。江雨桐吓了一跳："怎么啦？""我帮你开车门啊。"江雨桐用手掌挡住我："你不要学这种东西。"然后，捏起粉拳在我胸前捶了一下道："你也学不会！"

到了希尔顿酒店,我提着江雨桐的购物袋送她到了房间。我放下东西,有意重重地擦了两下手掌,说:"好了,我还有事,我先走了。"江雨桐没有出声,我转身去拉房门。

　　江雨桐突然从背后抱住我,头贴在我的肩背上:"别走好吗?陪我一个晚上。"我在她箍住我肚子的手背上轻轻地拍了两下:"我真的有事。"

　　我走到马路上,长长地吁了口气,真是个摸不透的女人,上次,使我情难堪,这次,又使我情难却。女人啊,女人!还是"非诚勿扰"吧!

　　这时,我的手机响了,我按下接听键,是江雨桐的声音:"我呀!——我想告诉你,你一点也不像上海人。"

　　"像什么人?"

　　"男人!"

2017年12月1日

购船记

一

这是1992年，从上海飞往莫斯科的SU530航班已经起飞了。当机上安全带的警示灯熄灭以后，我站起身打开行李舱，从手提箱里取出纸和笔，铺在小桌板上，我打算在这十一个小时的飞行时间里认真地计划一下我的这次旅行。

这次去莫斯科完全是偶然的。一个月前，我的亲戚卢平带了三峡轮渡公司的章总经理到我公司来。章总想买苏联的水翼船，章总说苏联刚解体，可以用易货贸易的方式用服装换船。

我的公司成立到那时只有三年，做美国的童装生意，为了能让公司走上正轨，我每天工作十几个小时。幸亏我有两个跟我创业的得力助手担任经理，管理着六十多个人，两个经理比我还忙，甚至住在公司不回家。正因为服装生意太辛苦，我才产生了一个心魔，希望能有机会找到其他省力的生意，或者说是多种经营吧，按投资理论来说就是不要把鸡蛋放在一个篮子里。

章总还说，如果我能够买到水翼船，愿意和我们搞中外合资，经营水上客运。三峡轮渡公司是国营公司，我的金丰公司是我取得香港身份证后在香港注册的境外公司，符合合资条件。三峡轮渡公司在三峡市到巴山的航线经营了四十年，有十几条船，但都是破旧的火轮船，急需引进最先进的水翼船。

这等一劳永逸、旱涝保收的生意，怎能不做呢？我当即答应了由我去俄罗斯买水翼船。

于是，我订了从上海到莫斯科的机票，我想苏联的水翼船是世界领先的，造船厂一定是个大企业，到了莫斯科不会打听不到。

我第一次去莫斯科，我甚至不知道飞机到达莫斯科是白天还是黑夜。如果是白天当然好，如果是晚上，大不了在机场睡一晚。

我没能在纸上写下一个字，我除了想到必须先要找一个翻译外，实在想不出更实际有效的办法，这样想着，我竟然睡着了，直到空姐把我推醒，飞机开始降落了，叫我调直椅背，收起小桌板。

莫斯科的机场空旷而陈旧，我看了一下墙上的挂钟是下午一点。由于时局动荡，游客不多，过关很快。我一只手拖着大行李箱，一只手提着小手提箱，步出机场。

六月的莫斯科，艳阳高照。正当我手搭凉棚环顾四周的时候，身边已经围上了十几个出租车司机要拉我生意。

我突然想到我应该去红场，那里游客多，可以找到中国人。于是，我喊了一声："红场！"没人听懂。我用英文喊道："Red Square！"有一个老年司机应声道："OK！Let's go！"他帮我拖

我初到莫斯科

着行李箱走向他的车,这是一辆破旧的"伏尔加",车身的油漆已经斑驳,车窗开着,没有空调,后座椅有一处还破了个洞,露出了弹簧。

莫斯科是个古老而美丽的城市,街上多是十八、十九世纪留下的古建筑,市中心的主干道竟有十车道宽,不过已年久失修,坑坑洼洼的。街上行驶的汽车也都破破烂烂,找不到一辆新车。这个城市就像一个破落的贵族。

大约半个小时,就到了红场。当踏上红场的一刻,我完全被征服了。红场的东面是国家百货商场,是一座建于1890年的俄式巴洛克巨型宫殿建筑。南面是东正教的圣瓦西里大教堂,建于1561年,由九座塔楼组合而成,房顶是大小不一的色彩斑斓的"洋葱头"。西面就是世界第八奇景的克里姆林宫的红色围墙,始建于1156年,融合了古希腊、古罗马、拜占庭、巴洛克、洛可可的各个时期的建筑风格,是历代俄国帝王的宫殿。围墙的外面是列宁墓,下层安放列宁遗体,上层是阅兵检阅台。红场的地面用条石铺成,像上海的老式弹格路。

我不得不从梦幻回到现实,走到红场的中央,坐在行李箱上,开始寻找中国人。偌大的红场游客寥寥无几,有也是欧洲人,难得见到一个黄种人。我终于发现了一对年轻的男女是黄种人,等他们走近,我立即迎上去,礼貌地问道:"你们好,是中国人吗?"这对男女说了几句日本话,鞠了一个躬走开了。在接下来的几个小时又见到了一个黄种人,也是日本人。

天色已经暗下来了，我有点心慌，看来我的决定太过草率，我已经准备回到机场，在候机大厅过夜。

这时，远处有三个男人往我这边走来，一边走一边大声讲着中国话。我按捺不住狂喜地喊道："你们好，从中国来的吗？""是啊，你是哪个城市的？"说话的是个大汉，异国遇乡音，双方都感到亲切。"我从上海来。"我没有时间闲聊，急切地问，"你们谁能帮我找一个俄语翻译吗？"大汉指着身边的一个戴黑框眼镜的中年男子说："他会俄语，是帮我俩做翻译的，是我的朋友。"大汉说他们两人从甘肃来俄罗斯公干，明天就回国了。他们把翻译留给我，自己回酒店了。

他叫高昌，一副学者派头，中等身材，发际线已经退到头顶，露出发亮的前额。高昌毕业于莫斯科大学，在大学做教授，即将期满回国，目前正好有空闲。能找到这样一个人才，真是天助我也！我把来俄罗斯找水翼船的想法告诉了他，并且谈好了薪酬每天十美元。

高昌的工作当天就开始了，他把我带到位于市中心的莫斯科河畔的乌克兰大酒店，河对面就是俄罗斯国会大厦，被称为"俄罗斯白宫"。乌克兰大酒店是一个典型的斯大林时期哥特式建筑，高耸的中央尖塔顶着红色的五角星，四角配有较矮的尖塔。外墙是白色大理石，以麦穗、镰刀、铁锤装饰，充满了社会主义工业强国的时代精神。这与苏联援建的上海中苏友好大厦几乎一样，都是在1955年建造的。

水翼船

高昌帮我要了一间套房，外边是客厅，有沙发、桌椅，里边是卧室，带有厕所。高昌又带我去用美元换了卢布，苏联解体前，一美元换一卢布，现在是一美元换一千四百卢布，解体后的俄罗斯经济处在崩溃中。

然后，我们去餐厅吃饭，饭菜很不合胃口，面包是硬邦邦的，冷的；汤是土豆、香肠、芹菜、牛奶做的，也是冷的；还有就是土豆色拉，更是冷的。没有牛排，更没有猪排，这是因为食品严重缺乏。吃完饭，高昌便回去了，我则走进位于酒店大堂的一处灯火通明、人声鼎沸的赌场。我很奇怪俄罗斯百业萧条，赌场却一枝独秀。不过，我对赌博历来没兴趣。

早上八点，高昌就来到我的酒店的房间，高昌说昨晚他已经考虑好了，去莫斯科大学的图书馆查找水翼船的资料。当即，我俩就坐地铁去莫斯科大学。莫斯科大学是世界上规模最大、学科最全的著名大学。我独自一人参观校园，高昌便在图书馆查找资料。等我回到图书馆时，高昌带了一个朋友，是莫斯科大学的教授，叫安德烈，斯拉夫人种，黄毛蓝睛，五十多岁，瘦高个，很有风度，他主动上来和我握手问好。高昌同步翻译，俄语非常流利，中文字正腔圆，颇具外交翻译水准。

安德烈根据找到的资料，详细向我介绍了水翼船是由伏尔加造船厂制造，船型有流星号、彗星号、朝霞号、火箭号、东方号和海燕号等。其中全浅浸自稳式水翼船流星号最适合内河客运，流星号长 34.6 米，宽 9.5 米，高 6.25 米，吃水 1.2 米，时速六十五公里，客运座位一百二十四人。船价是七十五万美元一艘。这个船的型号、价钱都和章总对我说的完全一致。我为我能如此容易地找到水翼船而沾沾自喜，也为我独闯俄罗斯的魄力而自豪。

伏尔加造船厂就在高尔基市，离莫斯科四百公里。高昌根据资料上的电话打过去，准备预约我们明天的到访。可是电话一直处于无人接听的状态，高昌说可能是电话号码过期了，改号码也是常事，不如我们直接去，反正有地址。隔天，我们叫了一辆出租车，讲好价钱包车一天7.5美元。一路颠簸，七个小时，终于到了伏尔加造船厂。船厂很大，车沿着围墙开了几公里才找到正门，大门却是紧锁，找到附近的人打听，才知道，船厂已经倒闭，水翼船也早就停产了。高昌还在打听船厂倒闭的原因，我已经回到车上，像发疟疾一样，情绪一下子从沸点跌到冰点。

我纠结了一夜，不断地调整自己的情绪。人在挫败的时候最明智的选择就是：退而求其次。船买不成，我可以把我的服装销往俄罗斯。安德烈说过，他有一个朋友在红场边上的国家百货商场当经理，叫娜塔莎。

我、高昌、安德烈便来到国家百货商场。娜塔莎是鞑靼人，自然卷的棕黑色男式短发，瘦高而单薄的身材，不苟言笑。娜塔莎又把我们带到总经理办公室。总经理是个矮胖的秃顶男人，满脸堆笑。他们俩站在一起形成强烈的反差，一个像黑棍，一个像白球，对我的到来却是同样的热情洋溢甚至百般讨好。我把从上海带来的行李箱打开，向他们展示了各式服装，尤其是羽绒衫。

他俩瞪大眼睛,连连发出"啧啧"的赞叹声,好像我打开的是一箱珍宝。总经理甚至握紧双手顶着下巴,像是在祈祷不能跑了这个生意。这个全俄罗斯最高档的百货商场的商品竟然严重不足,总经理当即表示希望和我签订长期的供货合同。服装是我的本行,供货自然不难,难的是他们的支付方式。总经理说他们能够支付卢布,可是卢布一路在跌,拿到卢布也换不到美元,换到美元也汇不出俄罗斯。我们唯一可行的是做易货贸易,安德烈说我需要俄罗斯的什么商品,由他去联系。

连续几天,大家都在我的房间客厅里讨论服装和易货贸易,也时常讨论俄罗斯的局势。高昌一直是同声翻译,彼此也不觉得语言上的隔阂。

这一天,娜塔莎来了以后一直闷闷不乐,眼睛红肿。她鼓足勇气问我能不能给她十万卢布,她说,她的弟弟在军队里违反军纪,被关在牢里,可能会被开除军籍。她要救她弟弟,军队的连长说拿十万卢布,他就会法外施恩。高昌在翻译完后,加上了自己的意见:"别理她,不会是真的。"安德烈频频点头,帮娜塔莎说话,希望我能帮她。

我顿时警觉起来,我不会是碰到骗局了吧?我也不相信这是真的,安德烈教授的工资每月才三万卢布。我迅速心算了一下,十万卢布也就是七十美元,对我来说这是小钱,即使是骗局也就骗这一次吧。我当即答应了,高昌再次阻止我,我说以后还要用人家的。娜塔莎立即破涕为笑,我心中掠过一丝不快。

周末，大家依旧在我房间的客厅里聚会，这次，娜塔莎带了一个女伴，叫克里斯蒂娜，白俄罗斯人，也是国家百货商场的营业员。白俄罗斯人其实就是俄罗斯白人，纯种的斯拉夫人种。白俄罗斯女人的漂亮果然名不虚传。克里斯蒂娜扎着简单的马尾辫，身穿一件湖蓝色的无领无袖无裙摆的直筒连衣裙，如此简单的衣服却尽显她复杂的身材曲线。娜塔莎建议晚上去跳舞。

接下来，娜塔莎和高昌在交谈，大家表情有点怪异。高昌没有翻译，我好奇地问高昌："她说什么？又要钱？""不，她说要把自己给你。"高昌还是面对着娜塔莎，继续在听她说话。

我不解地看着娜塔莎，娜塔莎撇下高昌，一把拉起我进了卧室，随手锁了门。娜塔莎背对着我，脱光了衣服，便爬上床，独自躺在那里，看着天花板，就像病人躺在手术台上，等待医生做手术一样，紧张得一动不动。

我被这突如其来的举动弄得不知所措，娜塔莎的身材干巴，胸脯平坦，完全没有女人的丰腴。这种既没有视觉上的色诱，又没有动作上的挑逗，更没有情感上爱慕的欢爱，让我想起在黑龙江生产建设兵团时看到人们把发情的公猪和母猪赶到一个圈里，立马就能交配，边上还有一群人在围观，评估着交配的质量。这不，现在外边就有一群人在观战，不过是隔了门。

于是，我完全失常了。

娜塔莎抬起头，疑惑地看着我。见我毫无动作，便坐起身，试探着拿起内衣，作穿衣状。娜塔莎似乎感觉到了自己缺乏魅力，眼里噙着泪花，羞愧地低下了头。我走上前去，拿起她的衬衣替她披上。娜塔莎下了床，独自坐在沙发上看了几次手表，大约二十分钟后，她起身出门时，我抱了她一下，我本想找个理由解释一下，无奈语言不通，只能上演着哑剧。

门一开，正在交谈中的人们一下子静了下来，眼光齐刷刷投向我们。娜塔莎说了一句话，众人"哇"声迭起，赞声一片，克里斯蒂娜甚至鼓起掌来。高昌又忘了翻译。我急忙问："她说什么？""她说你很厉害！"

当天晚上，我们一众人去了舞厅，当然都是我埋单，不过一张门票也就是一千卢布，连一美元也不到，还免费送茶水。说是舞厅，其实也是歌厅，大厅的一角有一个低台，一个男歌手留着高尔基式的漂亮的两弯半月的唇须，无法判断他的年龄。他一边弹钢琴，一边嘴对着一根越过钢琴伸过来的横杆话筒，在唱着《伏尔加船夫曲》，浑厚深沉的男低音带着回响和颤音，犹如很远很远的地方传来忽隐忽现的沉闷的隆隆炮声。这男低音在我的胸腔里引起了共振，心灵被震撼了，膨胀起来，以致堵住了我嗓子眼，几乎要挤出眼泪。

接下来，播放起四步舞曲。克里斯蒂娜抢先把我拖入了舞池，我不会跳舞，但，还是优雅地携着克里斯蒂娜，用自创的两步来充数，机械地来回踏着左右脚，笨拙得像鸭子走路。好在昏暗的舞池也没人注意我，醉翁之意不在舞，在乎肢体接触。克里斯蒂娜身上的气息像迷魂散一样使我晕眩，她柔软的纤手把她的体温像兴奋剂一样注入我全身每一个细胞。如果白天换了是她，我不会失常。

这一夜，我很放松、很享受，以至乐不思蜀。

二

经过几天的讨论，我和娜塔莎已经确定了服装供货的种类和价钱，也和安德烈确定了用俄罗斯白松交换服装。这种木材在中国销路很好。我觉得大功告成，准备回上海布置接下来的工作。

就在我整理行装的这天下午，安德烈兴冲冲地赶来，给我带来了一个逆天的好消息，让我像触电一样地跳了起来。安德烈说苏联解体后，很多轮渡公司倒闭，他打听到罗斯托夫轮渡公司有十几艘水翼船，已全线停航，打算出售。有流星号、彗星号、朝霞号，甚至还有一艘刚下水的新流星号。

罗斯托夫？在靠近黑海的顿河出海口的罗斯托夫？这是我从未踏足过却非常熟悉和向往已久的城市，因为苏联拖拉机制造厂就在这个城市，它生产的德特牌履带式拖拉机遍布中国的东北。当年我在黑龙江生产建设兵团的时候，开了十年的德特履带式拖拉机，成为最高级别的技师，对它的几千个零部件了如指掌。中苏友好时期，苏联为中国援建的洛阳拖拉机制造厂，就是完全按照德特拖拉机的图纸生产了东方红54型和75型拖拉机。兵团还曾打算派我去罗斯托夫拖拉机制造厂学习，可惜后来没有成行。

我熟悉罗斯托夫还有一个原因是我看过肖洛霍夫的《静静的顿河》，这部俄国文坛不朽的巨著，描写哥萨克骑兵通过战争走向新生，肖洛霍夫因此获得 1965 年诺贝尔文学奖。当然还有耸人听闻的罗斯托夫开膛手，杀害五十三人的连环杀手，曾经震惊世界。

说走就走，我和高昌约定明天早上坐六点的火车出发去罗斯托夫。当天晚饭后，众人散去。

我感到乏力，便上床想早早睡了。不久就感觉胃疼，继而大汗淋漓，进而又吐又拉，竟发起烧来。每天的冷面包、冷汤、冷菜，终于把我击倒了，到了半夜一点，我感到天旋地转，实在支撑不住，打电话给高昌。高昌来到我的房间，一看情况不妙，立即打电话给莫斯科总医院。不出十分钟，救护车就到了，医生给我做了初步的检查，体温三十九度，血压六十到九十、心跳一百二十。医生诊断为急性肠胃炎，需要住院，我被抬上担架，上了救护车，送到了医院。

这是一个很大的单人病房，白色木头床架和钢丝床上的白床垫、白被子、白墙壁、白门，医生护士的白大褂、白帽子、白鞋子。连氧气瓶、放针药的托盘和小车也是白色的。这是我住过的最好的病房。医生给我注射了一针，然后给我静脉输液。一个小时以后，我的症状开始好转。这时娜塔莎匆匆进来了，她向医生询问了我的病情后，让高昌回去睡觉，可能她觉得我俩"同房"过，由她来陪护是理所当然的。我睡着了，娜塔莎一直在我床边的椅子上坐着，整整两天，娜塔莎寸步不离，上厕所也是她帮我举着吊瓶。

这时，我真想吃一碗热腾腾的面条，娜塔莎知道了我的愿望就回家做完拿来了。这哪里是面条？这是俄罗斯面条汤，面条全部断成一寸长，汤里有土豆、胡萝卜、芹菜，煮得稀烂，有股药味，难以入口。好在是热的，我也吃完了。

按照医生的要求，我需要住院一个星期，我考虑到要去罗斯托夫，入院第四天我就坚决要求出院。高昌、娜塔莎和医生商量后，给我配了一个星期的口服药，医生再三嘱咐我要按时服药，要注意饮食。我又能怎么注意饮食呢？在以后的几天里，我唯一能吃的就是用热水泡面包。

出院时，医生拿了一份病历和账单要我签字，我也看不懂，只管签了字。我转向高昌问要多少钱，高昌说不要钱，我们可以走了，苏联是全民免费医疗，尽管已经解体，这个制度没变。我有些感动，怪不得高昌对苏联有好感。

我和高昌登上了从莫斯科开往罗斯托夫的火车，他们一起来送行。我和娜塔莎、安德烈握手道别，克里斯蒂娜站在娜塔莎的后边，当我搜索的目光和克里斯蒂娜守候的目光相遇时，心头突然一颤，她会意地微微一笑。

安德烈已经帮我们联系了罗斯托夫轮渡公司。俄罗斯的火车速度很慢，停靠的站点又多，我们用了整整三天才到了罗斯托夫。我们叫了一辆出租车，我要求司机先去拖拉机制造厂。到了厂门口，就看见院子里有一个巨大的德特拖拉机模型，严格按照比例放大，连底座足有三层楼高。我下了车，站在它跟前，看了很久，这曾经是我的神、我的魂，我像一个虔诚的佛教徒面对着敬畏的佛像，深深地鞠了三个躬。高昌远在大门口等着，他是无法理解我的这个情怀的。

我们到了轮渡公司，这是一家大型国营公司。秘书把我们带进办公大楼的第五层会议室，已经有一行人在列队欢迎我们。总经理拉林，五十多岁，中等身材，满脸的络腮胡子刚刮干净，留下铁青色的两颊，有男人的性感和威严，他面带微笑，眼光犀利。

拉林率先跨出一步，握住我的手，有力地晃动了几下："欢迎中国同志！"副总经理瓦西里是个年轻时髦的美男子，穿着黄色的衬衫和牛仔裤，紧随其后上来握手学舌道："欢迎中国同志！"总工程师头发花白，穿着连衣工作服，上来握手。接下来还有总会计师和不知什么职务的人上来握手。

高昌站在我边上根据秘书的一一介绍进行翻译。这场面超出了我的预期。

接下来，我们便在椭圆形的会议桌边坐了下来，开门见山地谈水翼船。拉林说他们有十二艘水翼船，分别是七艘流星号，其中有一艘是新的；三艘彗星号，吃水浅，可以直接靠岸搭跳板，不需要专门的码头；两艘朝霞号，是大型游轮。

拉林说，他们公司有几个宾馆，年久失修要装修，公司还欠着工人的工资，他们急需美元来解困，所以他们不做易货贸易。

至于轮渡公司，他们准备关闭，现有的十二艘船要买一起买。

他接着说他们已经得到罗斯托夫资产委员会的批准,总价钱是七十二万美元。

我生怕听错,特地叫高昌问清楚一艘多少钱。高昌证实了一艘六万美元。"必须一起买。"拉林又强调了一遍。

我强压心中的狂喜。伏尔加造船厂的新船七十五万美元一艘,现在却可以买十二艘,我心想这个价还谈什么呢,况且资产委员会已经定价,也没得谈。但是,我还是略皱眉头故作犹豫的样子,拉林见状,主动提出可以分批付款。

我没有想到谈判这么顺利,一个多小时就结束了。高昌在记录每一艘船的出厂年份,我趁机快速地思考,和三峡轮渡公司合资用去四艘,还有八艘,我可以和上海、南京、南通、太湖等地搞合资,不怕用不掉这八艘船。

我继而在考虑,中国没人知道船的真实价钱,我可以把船价提高,甚至我可以少出钱、不出钱,这个无本万利的生意真是天赐良机。

只是,我要先垫付全部的船款。我公司刚成立没有几年,并没有这么多资金。我可以用做服装的美国客人开过来的信用证,去银行贷款,先挪用这笔资金。至于采购面料、辅料想办法赊账,加工费也可以晚点付。只要船一发运,我就可以向合资中方收取金额的一半,再来补上这个空缺。

空麻袋背米!中国人做生意不都是这样做的吗?

下午,拉林亲自带着我和高昌去看十二艘水翼船。它们有的停泊在岸边，有的吊上了岸在保养，这简直就是一个庞大的舰队。苏联水翼船是世界上最先进的，船行驶到一定的速度，依靠水翼把船体大部分托离水面，和飞机的原理是一样的。水翼船时速最高可以达到七十五公里。中国当时还没有能力制造水翼船。

参观完，我们坐上流星号航行在顿河上，速度果然很快，船体也非常平稳。我坐在驾驶舱里，想着，我马上就要成为这些船的主人，不禁踌躇满志。看着窗外，集体农庄的绿油油的田野一望无边，夹杂着一栋栋白桦树建成的坡顶木屋。我还看到一群俄罗斯大妈光着肥胖的身子站在齐肚深的河里，湿头发贴在脑后，就像一尊尊坐在水里的弥勒佛。

第二天，我们准时到会议室谈判，上来，我就表明确认了十二艘船七十二万美元的价格。接着，我们开始商谈具体问题，总工程师向我们提供了全套船的图纸，又向我们提供了全套配件的图示和规格，还有船只保养维修手册。这些资料足有几大箱子。还有他们的仓库里现有的配件清单，拉林说送给我们。

我又向拉林提出需要两台新的发动机和两个新的齿轮箱做备用，当船大修时可以替换而不停船。

我又询问了发动机的最大功率和最大负荷之间的差异，因为我们地处三峡，气温比顿河流域高得多，必须要有多余功率装空调。水翼船是全封闭的，不可以开窗，否则会增加侧风力，影响船体平稳和速度。

我又提出船的所有机械部分，中国都有能力仿造和维修，唯独水翼部分是用铝镁合金制造，焊接需要氩弧焊设备和技术，中国没有这个能力，必须由你们永久负责维修。

我又提出每条船配两名俄罗斯驾驶员、十二条船配一名俄罗斯机械师，培训中国人，时间为一年。

拉林听完我的发言，把身子缓缓地靠向椅背，倒吸了一口凉气，眯起眼睛看着我："你是船舶工程师？""不，我是拖拉机技师，柴油发动机的过滤系统、冷却系统、润滑系统和机械部分的变速装置、传动装置，其原理都是一样的。只不过拖拉机的动力终端是驱动轮，船是螺旋桨。"

副总经理和总工程师竟鼓起了掌。

第三天，我又是八点到会议室，我们签署购船合同，十二艘船分批出运，因为远洋轮一次最多只能装载四艘水翼船。第一批四艘船将在明年年中发运，根据合同我必须在明年五月前付四艘船的一半价钱即十二万美元，船到中国再付另一半。

条款审议完毕后，终于到了正式签字的时刻，气氛颇为庄严，拉林身边一左一右站着副总经理和总工程师，我身边站着高昌和俄方秘书。双方签字后交换文本。我和拉林同时站起身探过桌子，紧紧地握住手，众人长时间鼓掌。

出了轮渡公司，我瞬间感到了自己的伟大，我被自己感动了。

第四天，我们是中午到达会议室，拉林集合了二十几个船员和我见面，探讨工人的工资和待遇，我和拉林、高昌坐在桌子中央，工人们全都面对我们站着，像召开记者招待会。拉林开场白：

"今天，中国同志在这里，他们买了我们的船，谁愿意去中国工作站出来，大家有什么问题也可以提。"

一个留着八字胡子的哥萨克人快人快语："去，为什么不去呢？我们现在不是失业了吗？"他环顾四周，想获得大家的认同。一个身高有两米的胖子被后边的人推了出列，有人戏谑道："他愿意去，反正他老婆也跟人跑了，他说要离开这个鬼地方。"众人大笑。又有人讪笑说："你们不会要他的，他饭吃得多，一个人能吃五个人的饭。"胖子连忙退回到原来的位置，嘟哝着说："我吃得多，干活也多啊。"

人们纷纷问道："工资多少？""我们要自己做饭吗？""有没有休息天？""有伏特加吗？"我统一做了回答："工资每月三百美元，每星期休息一天，有专门的人给你们做饭……"

人群中开始小声议论，静了一会儿，好像在酝酿还有什么没有想到的问题。

"有女人吗？"哥萨克人说出了憋在心头的话，引起一阵哄堂大笑，有人附和着。这时拉林冲着哥萨克人正色道："尤里，你又胡闹。我们是去工作的，你不要给我们丢脸。"哥萨克人还是不服气，声调却低了下去："难道不是吗？没有女人日子怎么过？"

这是一个很难回答又不得不回答的问题，我笑着说："你们可以找女朋友啊，你们长这么帅，女人会喜欢你们的……"

工人们基本上都表示愿意去，人数没有问题。

拉林通知我，晚上，罗斯托夫市长要接见我，我紧张了起来。

晚上七点，我和高昌准时来到市长办公室，市长是个和蔼可亲的老头，其貌不扬，参加过卫国战争，胸前挂着的胸章叮当作响，令人肃然起敬。我和他握手合影，市长带着官腔说了些欢迎来罗斯托夫做生意和投资之类的套话，也亲民式地问了我生活是不是习惯，有什么需要可以找他解决。真叫人受宠若惊。

罗斯托夫的事情办完了，我们又马不停蹄地去了位于乌克兰的黑海边上最大的港口城市敖德萨。我需要将水翼船装上远洋轮，才能运回中国。我们找到了敖德萨的中国远洋公司，他们报价每艘水翼船运费十八万美元，我们又去了拉林介绍的乌克兰黑海远洋公司，价格便宜了很多，经过几轮谈判，运费可以做到八万美元一艘，不包括水翼船的托架。托架是装在远洋轮甲板上的用来支撑和固定水翼船船体的，托架的费用是两万美元一个。我没有更多的选择，当即和黑海远洋公司签了合同，按照合同，发运前两个月，我要付清托架钱共八万美元，船发运后付清运费三十二万美元才能拿到提单。

一切都落实了，真是"劳苦功高"，这也许是我生意中最成功的一次。我给自己放了一天假，在黑海里游了一场泳，以示犒劳和纪念。

来回罗斯托夫和敖德萨花了整整两个星期，我再回到莫斯科时，安德烈叫我不要住酒店，怕我吃不惯饭菜再得肠胃炎，生拉硬拽把我带回到他家里住。安德烈的房子是国家免费分配的，两房一厅，格局很大，有厕所、厨房，有电冰箱、电视机、洗衣机，生活设施一应俱全。

这天晚上安德烈的太太做了一桌菜，为我洗尘和庆功。高昌、娜塔莎、克里斯蒂娜都来了。娜塔莎的弟弟阿廖沙也来了，他穿着军装却敞开着领子，穿着皮靴却没有戴军帽，是个散漫的人。聚会上，阿廖沙从不发言，他很认真地聆听每一个人的讲话，像只猫一样安静地端坐一角，头跟着动静转，别人讲任何话，他都会附和着发出感叹词"哇""噢""好""真的吗"，人笑他也笑。就像演奏一场交响乐，他就是边上的贝斯和边鼓，倒也生动有趣。

这天晚上，众人听着高昌介绍我们一路的情况，也都欢欣鼓舞，分享着成功的喜悦。大家都说这次我是船和服装双丰收，我甚至考虑有必要成立金丰公司俄罗斯分公司。

三

我回到上海已经是八月底了，突然对上海湿热的气候很不习惯，竟然怀念起俄罗斯清凉的夏天，还有一起工作的俄罗斯同伴。同样不习惯的是又回到了如满天繁星般细碎的服装事务中。公司的范经理和霍经理向我汇报我不在上海的这段时间的工作情况。他们俩是我成立公司时拉入伙的，原本也是国营服装厂的技术工人，就我们三人从接来第一个服装订单开始创业的。汇报工作进行了整整一个通宵。第二天，我没有睡觉，在公司里逐个查看了每一个订单的生产情况和进度。

我又和办公室戈主任详谈了在俄罗斯买船的情况，戈主任也一直和三峡轮渡公司保持着联系。

水翼船已经落实，应三峡轮渡公司章总的邀请，我和戈主任去三峡市实地考察和签署合资合同。接待我们的是章总、王书记和营业部主任小李。

章总对我真的弄到了水翼船颇感吃惊。然而，他眼里射出的惊喜却被他那淡褐色的眼镜片挡住了，刻意地收敛着。和他第一次到上海我公司来求助有些不同，可能需要在下属面前保持威严，也需要端一下大公司的架子。王书记是个师爷式的精瘦老头，双目如炬，不轻易发言。主任小李就纯属马屁精，只会根据领导意图说话。

我们在他们带领下参观了公司、码头、渡轮，并且坐上了从三峡市到巴山的航船，船是破旧的老式火轮，乘客很多，携带着大包小包，像电影里的难民船。

宽阔的江面上，异常繁忙。有观光旅游船、机动木帆船、摆渡船，还有驳船拖着满载黄沙的水泥船队。

水上航行的交通规则是世界统一的。同向行驶，慢船让快船，小船让大船，超船需鸣笛；相向行驶，一律右行；穿越主航道必须在正常行驶的船后通过，主航道不能抛锚……然而，我看江面上杂乱无章。我怀疑身高两米的俄罗斯胖子开船时有没有能力躲避闯入主航道的违章船？

水上漂浮着菜叶果皮，江水浑浊。我看到洗衣妇在岸边的石头上捶打衣服，光屁股的顽童在水里嬉戏。还看到有人张网捕鱼，我紧张起来，渔网对水翼船的螺旋桨是致命的，就像汽车在高速公路上爆胎一样危险。

我忧心忡忡，我的流星号从静静的顿河到闹腾的长江会不会水土不服？

当我把这些忧虑告诉章总时，他回答："还怕整治不了？"

我顿时语塞。

我们双方用了两天的时间讨论了合资协议。双方约定了投资比例，三峡占55%，金丰占45%。合资后仍由他们管理，我们派人参与财务监督。

我报出的船价是十二万美元一艘，运费和托架十二万美元。如此便宜的价钱，对于三峡方面来说，太出人意料了，章总大喜过望，希望马上签约。

我心里早有一笔账，每一艘船总价二十四万美元中，三峡出55%就是十三万二千，而真实的船价连运费托架是十六万，当然不包括我花去的费用。也就是说我只需要出二万八千美元一艘。

而根据双方对收入和成本的测算：船票35元/人×124座×90%满座率=3906元，按每天两航班四航次，每天的收入15624元，每年去除保养维修时间和大风停航时间有效天数是二百九十天，年收入达到四百五十万元。

每年一艘船的运营成本：柴机油一百万元；人员工资包括俄方专家五十万；各种税费四十万；保险费十五万；修理费配件费

三十万；房租十五万；还有折旧费、银行利息、票务代理费、交际费共五十万；总计三百万。

这样，每年一艘船毛利润一百五十万，我可以分成六十七万五千，而四艘船呢？我简直无法想象。

双方约定继续由我联系运输事宜，计划明年五月，顿河解冻后，安排俄罗斯方面对船进行一次全面保养，然后开往敖德萨吊装、固定。最晚在明年九月发运，十月达到上海港。

双方约定投资款在明年五月到位，俄罗斯方面收到定金才正式开始工作。

所有合资条款拟定后，我和章总在合同上签了字。仪式一点也不庄严，双方都有点迫不及待，都在做着各自的美梦。

等我们回到上海，章总就打电话给我公司的戈主任，说他们王书记批评他做事太急，以致忘了把两项成本写进合同，一是公司退休工人的工资，二是三峡市和巴山的两处码头应该作股写进合同。戈主任据理力争，认为合资公司是新成立的公司，人员已经核定完毕，不应节外生枝。码头早已存在，并非合资兴建。最后，双方折中，否决了退休工人的工资分摊，码头算三十万元入股。

这引起我极大的不快，看来王书记是有意躲在幕后，让我先签字再加码。但是，我还是忍让了，一来不可能为码头的事推翻合同重来，二来我毕竟隐藏了差价。于是，双方又签了新的补充协议。

我以为不会再有什么变化了。直到翌年的五月份，到了合同规定的三峡公司应付款五十二万八千美元的时候。戈主任去催他们付款，章总一直躲避，每次都是小李主任编了各种理由来推诿。直到戈主任决定坐飞机过去时，章总才出来接电话，说是因为人民币换美元的问题一下子解决不了，让我们公司先行垫付。他们一定在九月份船发运之前付清款项。还说，已经是一家人了，要相信他们。

我一时怒不可遏，他们怎么可以不把合同当一回事？戈主任却冷静地分析，他们到九月份一定会付，他们不可能放弃这么好的投资机会，况且他们上级的省、市都已经批准，他们是想占我们便宜。到时真的他们违反合同，我们和别人也可以合资。

五月底，我从香港汇出四艘船的一半钱十二万美元和四个托架的钱八万美元，总共二十万美元。那个时候，无法直接汇款给俄罗斯银行，只能先汇到法国里昂银行再转俄罗斯银行。

因为汇钱困难，高昌的工资无法付给。已经拖欠了他半年工资了，我正在为这事发愁。在一次朋友饭局上见到我的一个朋友龙根，几年不见，龙根养得肥头大耳，说话口气也大了。他说他在做俄罗斯的易货贸易，用电视机换木材，听上去好像很成功，他说这几天又要去莫斯科了。我乘机请他带两千五百美元给高昌，并附上一封信。

这期间，戈主任联系了上海港、芦潮港和南京、南通、太湖等地的轮渡公司和水上客运公司。上海黄浦江有严格的限速，水翼船速度太快不能用。芦潮港到普陀山的海面最大波高2.5米，涨潮最大流速3米/秒，最大风速20米/秒。我们的流星号、彗星号、朝霞号水翼船都不适应这些水文条件。太湖风景区也不需要水翼船。南京和南通完全符合条件，并且表现出浓厚的兴趣，与我们在积极地接触、探讨和申报航线。后面的八艘船也许还不够。

眼看船发运日期越来越近了，戈主任向我提出，必须为第一批的四艘船买保险。我说远洋货轮不会有问题，我们做服装三年来每星期都发货装远洋轮到美国，每次都没买保险，何曾出过事？戈主任是个绝佳的军师，总是能冷静全面地考虑问题，尤其是我没有想到的地方。戈主任说四艘水翼船，从罗斯托夫到敖德萨自航要五天，吊装要三天，远洋航行三十天，就算到了上海，从远洋轮上卸下来，水翼船还要自航到三峡市又要几天，不买保险如何睡得着觉？我被他说服了。

我找来了一直在帮我们做海运保险的保险公司业务代表赵先生。赵先生对这笔生意很有兴趣，一般海运货物保险费是0.6%，这次联运保险费要1%。根据我们合资合同上的价格是九十六万美元，赵先生求功心切，提议我把每一艘水翼船价格再提高两万美元，这样，保险合同变成了一百零四万美元，赵先生也因为合同超过一百万美元，提成级数也提高了。六月初，我付了一万多美元保险费，为此我还心疼了很久。

七月中，龙根从莫斯科回来了。我当晚请他吃饭，想交流一下生意。他滔滔不绝地介绍他在莫斯科做易货贸易，如何能干，如何成功。酒过三巡，我看他只字不提高昌的事，便装着不经意地问道："哎，你见到高昌了吗？""见到了。""你钱给他了吗？""这种人——钱给他干什么？"他借着酒劲，嗓门越来越大，眼珠几乎要突出眼眶，像螃蟹的眼睛。两只手比画着，像舞动的蟹螯。他继续说："他又没事做，这人不行！你以后用人要看看清楚，要不，我帮你找个人？"似乎是我做错了事，他在教训着我。我接着又问："钱呢？""钱？钱我用掉了，我不是要帮你做事吗？我狠狠地教育他来着。"龙根一点也没有觉得有什么不妥。我气得拂袖而去，连吃饭账也没付。

我只能重新找人给高昌带钱去。

黑海远洋公司来电报，他们的远洋轮已经将托架焊在甲板上了，远洋轮将在9月11日抵达敖德萨吊装水翼船，完成吊装和固定需要两天。预计发运日期是9月14日，到达上海港是10月10日。黑海远洋公司声称，他们开船后一个星期即会开具船运提单，到时，我们必须付清全部的海运费三十二万美元，才能拿到提单。

罗斯托夫轮渡公司也很配合，主动联系黑海远洋公司。拉林来电报，他的四艘水翼船将在9月11日到达敖德萨港口。并询问我他们选拔的九个工人什么时候出发。

我发电报给高昌，让他务必在9月11日之前到达敖德萨，在现场监督，有情况及时汇报。

三峡的章总也来电话，他将在9月11日到上海，他的银行本票已经开出来了。似乎一切都在顺利地按计划进行。

然而，我见到章总和小李主任时，章总拿出中国银行的本票让我看了一下，确实是五十二万八千美元，他说要复印，谁知，章总随后把本票收起来，只留给我复印件。他若无其事地说："必须看到船运提单正本才能把本票给你们，这是上级的决定，我也没有办法，你要体谅……"说完他们借口还有其他事溜走了。

我气得拍案而起："他妈的，这生意不做了。"戈主任依然很冷静地分析道："我不担心钱，本票是真的，本票抬头上收款人也写着我们公司，时间上也只是差一个星期，和国企办事就是这样。"然而，戈主任的忧虑就深远了，他接着说："我担心和这样的人合作，以后正常营运了，我们也拿不到分成，他们可以把账做得不赚钱，也就没钱分。"

本来，我的资金就是挪用服装信用证的贷款，都是有时间限制的。原指望拿三峡公司的钱支付海运费三十二万美元，现在我哪里去找这笔钱？

我几乎绝望了："该死的水翼船——沉掉算了！"

我终于明白，什么"多种经营"，什么"鸡蛋不要放在一个篮子里"，这些都是似是而非的伪真理，是一种悖论，都是那些中国所谓的经济学家放的狗屁。自己熟悉的主业也做不好，怎么做得好不熟悉的副业，去进入别人家熟悉的主业？

回想起这两年，为了搞多种经营，我投资过兄弟大酒楼、金丰化工有限公司、金丰阀门有限公司，都搞得轰轰烈烈，并且高薪聘请了这方面的专业人才，最后都是血本无归，以失败告终。而现在水翼船投资可能就是最大的失败。

四

我像一只斗败的公鸡，耷拉着手臂，垂头丧气地回到家中，一头扑倒在床上，一直睡到第二天的中午。被一阵固执的电话铃吵醒，我睡眼惺忪地拿起电话，是戈主任打来的："船沉掉了！"

"谁的船？"我反应不过来。

"就是我们买的水翼船啊。"

"你瞎说什么呢？船怎么可能沉掉？"我不耐烦地拔高了声调。

"是真的，高昌拍电报来了。"戈主任继续说，"9月12日，也就是昨天晚上，一场百年不遇的超级飓风横扫东欧，损失最大的城市有五个，其中就有敖德萨，敖德萨港口全线瘫痪。"

我赶快打开电视机，等着准点新闻。果然新闻的头条就是欧洲超级飓风，电视镜头还出现了灾后惨状。

我连忙赶到公司，收集报纸的有关报道。

戈主任马上联系了保险公司。头一回碰到理赔，我开始担心保险公司会不会耍赖。赵先生来了，对他来说，赔钱又不是他赔，赔钱本身就是保险的概率，也不是业务代表的过错。所以赵先生很轻松，他让我赶快去敖德萨拍些现场的照片，保险公司会分析，是不是全损？有没有残值？同时，赵先生把我们收集的报纸带回去了。

事不宜迟，我用一个星期的时间安排好公司服装生意上的事。9月20日，我从上海飞莫斯科，高昌来接我，直奔火车站，经过四天的火车，到达敖德萨。整个敖德萨港口一片狼藉、满目疮痍，就像二战时被轰炸过的珍珠港。拉林已经赶到现场，我们相互点了一下头，算是打招呼。

风暴过后的黑海显得异常平静，就像一个闹够了的孩子睡着了。海水清澈见底。我站在码头边，一览无余地看到了我的四艘船都沉到底了，连船顶两米长的天线和雷达都在水面以下。我可以透过船窗清楚地看到驾驶台上的一个个仪表盘，就像在玻璃缸里看模型一样。这哪里还会有残值？根本不可能修复。拉林穿着风衣，把头缩在翻起的领子内，一言不发，他能说什么呢？他定金已经收到，沉船我又拿不回去。我说不出是什么感觉。我虽然诅咒过船沉掉算了，可那也是气话呀，谁愿意是这个结局呢？

我认真地从各个角度拍了照片，有全景的、有局部的。高昌和拉林在交谈，并从他手里接过关于沉船的证明文件。

血色的残阳照在我们身上，在地上留着长长的身影，就像电影里英雄人物慷慨就义的悲壮镜头。

办完事，我回到莫斯科已经是10月2日晚上了，这次我还是住进了乌克兰大酒店。我准备隔天和安德烈、娜塔莎、克里斯蒂娜吃顿饭，布置一下正在进行的服装换木材的生意，打算10月4日从莫斯科返回上海。

谁知道，我走不成了！我竟然走进了一个震惊世界的历史事件，滞留在了莫斯科。10月3日，时任俄罗斯总统的叶利钦宣布全市戒严，飞机禁飞。因为反叶利钦的议长和副总统，要叶利钦总统下台。他们的一个近卫师占领了"俄罗斯白宫"，也就是在我住的乌克兰大酒店河对面。叶利钦调动军队包围了"俄罗斯白宫"，十几辆坦克就停在乌克兰大酒店的门口。一场战争一触即发。

1993年10月4日，双方从凌晨开始激战，枪林弹雨。我住的乌克兰大酒店墙上弹孔累累，玻璃破碎。我哪里睡得着，侧身贴着窗框，只露出鼻尖，也眼看着外边的战争。死者横七竖八地躺在马路上，伤员不断地抬进酒店的大堂，乌克兰大酒店成了战时指挥所。下午，叶利钦命令十几辆坦克一起开炮，"俄罗斯白宫"顿时浓烟四起。下午五时，"白宫"伸出白旗，宣布投降。这次街头战争，死一百八十七人，伤四百三十七人。

晚上，娜塔莎心神不定地来看我，她说她弟弟阿廖沙的部队就在"白宫"里边。她进不去"白宫"，不知她弟弟的情况如何。

直到10月6日上午，娜塔莎才找到她弟弟阿廖沙，在莫斯科医院里。我、高昌、安德烈、克里斯蒂娜都赶去了医院看望阿廖沙。医院的走廊上到处都是死尸和伤兵。

阿廖沙躺在病床上，一条腿已经截肢，面色煞白。见我们进来，本能地想坐起来，刚一挣扎，身子就失去了平衡，侧了过去。我伸出手掌往下压，示意他躺下。娜塔莎哽咽着说："早知如此，当初还不如让他被军队开除的好。"我相信了娜塔莎要十万卢布的理由是真的，可是，世事难料，焉知祸福。克里斯蒂娜挽着娜塔莎，陪着她哭。阿廖沙这回独自笑了一下："这不还活着吗？总比那死了的好吧。"这时，能笑得出来也算是条汉子。

我急于离开莫斯科，一时没有飞往上海的飞机。下午安德烈和高昌急匆匆来到我的酒店，告诉我，傍晚有一班飞往伊尔库茨克的飞机，可以从伊尔库茨克转飞沈阳，问我去不去。"去！只要能离开莫斯科。"我拿了行李就走，安德烈亲自开车送我去机场。一路上，满大街都是军人和戴着袖章的民兵背着枪，就像"十月革命"的年代。在路上我对安德烈说："你说的这场战争应验了，佩服你！"安德烈阴沉着脸说："这场战争以后，俄罗斯将陷入长期衰退，卢布将变成一张废纸。"果如其言，一年以后，美元兑卢布从当时的 1 比 1400 跌到 1 比 3235。卢布变成了废纸，所有贸易也都做不下去了。

我坐了六个小时的飞机，要命的是飞机上不发任何食物。到了伊尔库茨克已是半夜，狂风夹着暴雪，气温降至零下二度，这个城市地处西伯利亚的中心和贝加尔湖畔，常常是中国冷空气的发源地。我出了机场，拿出高昌给我写好的纸片，交给出租车司机看，让司机开车把我送去附近的旅馆。出租车开到一条小路时陷入了泥潭，司机反复地前进、后退，努力想冲出泥潭，但是，事与愿违，车轮越陷越深，最终动不了了。司机回头看着我，说了一堆我听不懂的话，不用说，只有我下去推车了。于是，我跳了下去，齐膝深的泥水里还混杂着薄冰。光是湿脚也就算了，由于我在车后用力推车,后轮甩起来的泥浆,使我变成了一个泥人。我只穿着单衣,又冷又饿。好在车出来了,我也到达了旅馆。这时旅馆已经过了饭点,厨房没有人,我又饿了一顿。幸亏还有热水,我穿着衣服冲淋,连人带衣一起洗。洗完了,我坐在大堂的火炉边,拿着衣服一件一件地烤干,可是皮鞋是无论如何也烤不干的,只能继续穿着。等我做完这一切,天也亮了。

按照高昌写的纸片要求,我又要出发去机场了。我决定早点去机场等签票,中午十二点十分,将有从伊尔库茨克飞往沈阳的CZ610航班。另一方面,我想去机场的餐厅吃个饭,不管冷的热的,我已经两天没有吃饭了。我叫了一辆出租车,到了机场。

我傻眼了,这哪里是机场?昨天半夜下飞机也没看清,这闻名遐迩的伊尔库茨克的机场候机厅竟然是一间民房,候机的人们就等在门外的空地上,轮到登机才进门,也没有安检。检票大厅就是民房的客厅,十几个平方,哪里有餐厅?连小卖部也没有。这下我彻底慌了,再饿下去,我会昏倒的,我必须找到吃的。

我在附近转了一大圈,除了很远的地方有几栋同样的民房之外,没有什么商店和小卖部,怪不得西伯利亚历来是犯人流放之地。我失望地转回到机场,在机场外的一棵大树下,我看到一个俄国大妈,头裹着三角围巾,背靠着树坐在地上,也是候机的乘客。她从布兜里拿出一个长条的罗宋面包,用力地咬了一口。我赶忙冲上去,一手拿着两千卢布,一手指着她手中的面包。她看了看咬过的面包,抬起头望着我,目光茫然。我干脆把两千卢布塞在她手中，抢过面包，掰成两半，把咬过的一头又还给了她。她终于明白了，站起身来，憨笑着要把两千卢布还给我，我向她鞠了一躬，转身离去。

飞机延误了四个小时，终于起飞了。我仰天长叹，回家的路真难啊！

到达沈阳又是半夜，我住进了最好的日伪时期建造的辽宁宾馆。洗了个热水澡，睡进柔软的棉被，多少天没有这种奢侈的享受了。一直睡到第二天的下午，一阵门铃声把我吵醒。我光着脚去开了门，门外站着一个女服务员，推着一辆清洁车："先生，你要打扫房间吗？""咦！你怎么会讲中国话？"我惊讶地叫了起来。女服务员睁大惊恐的眼睛，倒退了两步，旋即转身就逃。我拉开窗帘，才知，我人已到沈阳，魂还在俄罗斯。

华灯初上，我饿得眼冒金星。我来到宾馆对面的一家东北菜馆。我扶着桌子坐下，女服务员递上了菜单，是一张塑封的纸板，正反两面写着菜名，女服务员手拿点菜簿，等着我。我把菜单往桌上一扔："不用点了，所有的菜给我来一遍。"女服务员退回了厨房，我听到从里边传出声音："这人别有病吧？"于是，三十多岁的男老板出来了，脸上挂着面具式的职业微笑："先生，你几个人？""一个人。""那你吃不了，我们这菜单上有四五十道菜呢！"我觉得是不妥，改口道："那么，来十个菜吧，荤素搭配，你看着办，只要快，费时间的菜不要。"

菜陆续上来了，我如风卷残云，顷刻杯盘狼藉。吃着吃着，委屈涌上心头，泪珠竟扑簌簌地掉进碗里。但是，我随即把眼泪憋回去，吃饭吃哭了，那不真有病了？人家哪里知道我是刚从俄罗斯回来的，几天没吃饭了！

老板见出点异样，又来到我身边，哈着腰，小心翼翼地问："老哥，菜合胃口不？"我连夹两块回锅肉塞嘴里，掩饰道："唔，不错，好！""来点酒呗？""不，不了。"老板还在察言观色："那，馒头要么？热乎——的。"他拖长了声调引诱我。我咽下食物，顿了一下，抬起头挤出一丝笑容："不，够了，谢谢！"老板这才放心地进去了。

一桌菜，吃了七八成。埋单八十元，老板说打了折的。我把一百元放在桌上说，不用找了。我迈出店门，朝马路对面的辽宁宾馆走去。老板、女服务员，连厨师也撩起身上的围裙擦着手出来了，目送着我。听到背后有议论声，我不觉回头看了一下，所有的人闪身进去了。

到了上海，我顾不得休息，叫来了保险公司的赵先生，把所有的照片和拉林开的证明都给了他。

令我意想不到的是保险公司不久就批准了理赔，保险金额是一百零四万美元，扣除尚未发生的海运费四十万美元，赔付六十四万美元，我已经付掉了二十万美元和一万多美元的保险费，净赚四十三万美元。

这应该是我人生的第一桶金了吧，这笔巨资一下子解了我公司资金紧张的困局。然而，我想，我先要帮我爸妈买一套房子，他们还住在利用屋顶的三角空间搭的阁楼上，每天爬进爬出。阁楼下的房间给我结婚用了。

于是，我买了两套相邻的两房一厅的房子，我和爸妈都搬进了新房，我妈哭了，说再也不用倒马桶了，不过，花了这么多钱她舍不得。其实总共才花了十六万人民币，连两万美元都不到。

这一年多的奔波，虽然水翼船没有做成，却也换来了一笔意外之财，也算是没有白忙。如果水翼船成功了，说不定以后的麻烦会不断，如今的局面可能是我最好的结果。我以为一切烦恼都随着水翼船的沉没而过去了，谁知麻烦并没有结束，或者说麻烦才刚刚开始。

五

一天晚上，又轮到朋友聚餐。我应约到金都饭店，刚要走进五号包房，门敞开着。里面早到的人在高谈阔论，我听到龙根的声音："……没有功劳也有苦劳吧？我帮他专门跑了俄罗斯好几次，人家赚到钱也不想着我，有什么办法？"还是龙根的声音："算了！谁叫我们是朋友呢。我这个人不计较的，钱吃得完用得完……"

我知道他们在说我，一时竟不知如何进门。我高喊一声："服务员，五号包房在哪里？"我故意等了几秒钟，包房里静了下来，才走进去。

龙根第一个站起来，拿起酒瓶要帮我斟酒："来，来，你晚到了，罚酒，罚酒。"我推开他的手："我不喝酒，你不知道吗？"我面无表情地看着他。龙根的笑容不自然地凝固在嘴角。

西装革履三七开分头的焦大佬走到我的身边，打圆场道："算了，饮料倒上。"焦大佬和我同时出来做生意，我们一起在香港、澳门混过，他这两年转做房地产，在上海开发了好几个楼盘，是我们中间公认的首富，大家都改口叫他大佬。

这顿饭吃得不是味，我屡屡走神。散席后，焦大佬和我同行，他搂着我肩膀说："怎么，龙根和你有不高兴啊？嗨，做生意派头要大，钱散人聚嘛，如果你做房地产就知道了，给钱像发牌一样的。"我知道，在朋友圈里，我的意外之财已经变成了不义之财。我不想在背后说人，有道是：君子绝交，不出恶声。

晚上，我打电话问龙根："是不是你帮我做事，我不给钱？"龙根电话里咆哮了起来："没有的事，谁说的？我抽他耳光。"我觉得多说无趣，便挂了电话。

卢平也登场了，他刚打完高尔夫球，穿着运动服，兴冲冲地进我办公室门就嚷嚷："好消息！我现在有一个非常好的机会。香港有名的富豪唐家的侄子和我合资办连锁超市，商业局副局长的儿子也参加。我好不容易抢到参股机会，要二十万美元……"我果断地打断他："我没兴趣投资，我现在……"他马上纠正我："不是叫你投资，我是向你借二十万美元，一年还给你。"他怕我回绝，马上开出诱人条件："我给你20%利息，到时连本带利一起还给你。"卢平的这个投资，我本能地不看好，我劝说道："你以为在华联、罗森、好德、可的这些连锁超市面前能够胜出吗？"卢平兴致更高了，搬了椅子坐到我跟前，唾沫星子正好够到我的脸上："做生意要官商勾结，我们有后台，有背景，怎么搞不过人家？再说我们要求不高啊，一家店一个月赚一万，不多吧？一百家店就是一百万，一年就是一千二百万，这种生意闭着眼睛赚钱。"我抹了一把脸，身子努力靠后。

看来，卢平今天来是志在必得，我再说也无用。水翼船生意又是因他而起，虽说歪打正着，毕竟我是获利了，我如何拒绝得了他呢？于是，我们之间写了借款协议，至于利息条款我主动把它去除了，我心想，你能还我本金就不错了。

从这以后，我每次见到卢平，就听他义愤填膺地骂他的合作伙伴，如何无能，如何外行。事实上，一家店不是每月赚一万，而是亏一万，不出半年连锁超市就倒闭了。

卢平从此就躲着我，钱也不还了。不久，听说他买了新房子，那钱出自他自己篮子里的鸡蛋，借我的钱自然是借鸡生蛋，赚了算他的，赔了算我的。当初，看着他往火坑里跳也没办法。不！是看着他把我推进火坑我也没办法。这倒是卢平发明的"鸡蛋论"——不要动自己篮子里的鸡蛋。

三峡轮渡公司的章总也来了，这次显得比以往都客气。在绕了一大圈不相关的话题后，转到了保险理赔的事，他说按照合资合同，这个理赔收入也应该按比例分配，因为他们也做了很多相应的工作,也存在实际损失。我告诉他,一则保险合同是以金丰公司名义投保的,不是以合资公司名义投保的;二则在买船的过程中,你们没有出资过一分钱。他看我说得有理有据,知道没有可能分到钱,便说,他有好朋友在上海某区工商局当局长,他去举报我们,会让我们公司开不下去。我没有屈服,难道没有王法了吗?工商局是私人开的吗?这是我们最后一次见面。

看来,我还是天真了。没几天,某区工商局真的来人了,这是没有先例的跨区办案。有四个人直冲财务办公室,封存账册,如入无人之境。其中一个为首的队长用蔑视的眼神看着我说:"你们公司买卖船只,超出经营范围,我们依法查案。"我回答:"我们买船是搞合资,没有发生买卖关系。"其实,他们怎么会不知道,我解释也是多余,只能让他们查账。查了几天,只发现我们账上有一些购买礼品卡记录,每张一千元,总共一年花费一万多元,送礼的对象写着提供服装配额的外贸公司。于是,他们开始小题大做,说这是商业行贿,要我们交代送给哪个外贸公司、哪个人。我们说,这些卡是我们假借外贸公司的名义,自己作为福利用掉了。但是,这并不妨碍他们开出罚单——六万元。

我们到处申冤,没有任何部门受理。我们只能到处托关系,最后找到一个和局长是朋友的人,才算摆平了这件事。

如果说,麻烦光来自外部,我还好对付,更大的麻烦竟然来自公司内部,几乎使我的公司停止运作。

公司原来有六十多个人,一下子走掉十六个人,并且引发了一个古老的阶级斗争话题：究竟是资本家养活了工人，还是工人养活了资本家？或者说是地主养活了农民，还是农民养活了地主？

走掉的人说，公司的业务都是他们在做，他们拼命帮老板赚钱，使老板发了财。而老板整天在外边。出走的十六个人中，有的人带着我的客户信息另投明主，有的人三五成群，另组公司，自己做老板，并且以更低的价钱抢夺我的客户。

公司本来就如同一条流水线，由经理、外销员、业务员、面料员、辅料员、单证员、财务员等组成，现在流水线断了。我和范经理、霍经理、戈主任分别交代了工作，重组了公司人员搭配。

没了客户，我公司如何生存？我必须到美国去寻找更多的客户。

于是，我买了从上海到纽约的机票，只身飞往我从未去过的美国。

2016 年 9 月 1 日

黑白道

一

我做生意做到要动用黑社会的地步也就那么一次，是在美国纽约。

或许，在我1993年底第一次贸然踏进纽约就埋下了这个祸根。我原本只想去拜访美国H童装公司，到了曼哈顿却发现像H童装公司这样的服装进口商有几千家，分布在第六、第七大道夹二十九街到三十九街的区域内，而童装集中在三十街到三十四街。全美国两亿多人的服装消耗量是中国十二亿人的服装消耗量的十倍，都是从这个区域批发出去的。我发现了一座金山。

我马上叫我香港金丰公司的经理伍学军飞来纽约，我在地图上画了一个圈，就在这个区域找办公室，招聘员工、成立美国金丰公司，我则回到了香港。

1994年春节以后，我第二次飞纽约，就直接到第七大道的488号10H的办公室上班了。

公司员工有销售员亚当，德国裔；报关员尼克，英国裔；设计师艾琳娜，犹太裔。亚当以前是在 J.C.Penney 商场当采购员，认识很多进口商，我给他的任务是一年内找十家新公司。

CNT 公司就是亚当找的新公司，也是童装进口商。我应约到 CNT 公司，在门口接待处通报了我的名字，接待员打电话进去确认后，把我带进了老板老亨利的办公室，我一路走进去，看到有一百多个雇员，是个大公司。

老亨利，传统的犹太人。七十多岁，矮个子，白发上顶着小黑帽。办公室很简朴，只有十平方米，写字台上堆满了文件资料，地上铺着很多样衣。墙上挂着很多照片，有全家福及家庭每个成员的生活照，犹太人热爱家庭是出了名的。

老亨利和我握手问好后，我便在他的办公桌前的椅子上坐下，老亨利说了他对我们公司和 H 童装公司合作的情况很了解，他期待和我做生意。他又说了现在市场竞争很激烈，他希望我配合他，以最低的价钱、最好的质量，去占领市场，去抢占别人的份额，共图发展。

午饭时间到了，老亨利说要请我吃饭，他打电话叫了外卖。送上来的中饭就是两个三明治，他又用一次性杯子帮我倒了一杯白开水，我们一人一个三明治拿在手里啃。

这时，我看到桌上有一张老亨利和克林顿总统的合影，我拿过镜框，惊讶地问："你认识总统？"老亨利笑道："见总统比见大主教容易多了。"老亨利说拿十万美元就可以和总统吃饭，问我要不要见，他可以通过犹太教会去请。我摇摇头。

我的美国公司在 488 号

用完午饭，我们开始谈生意。他拿出一沓资料，有图有文字，计二十一个款，总共三十六万件童装。这些款是我和 H 童装公司一直在做的，很熟悉，我在他们的价钱上加了 10%，当场报了价。老亨利说我很专业，但是，要我降价 5% 就成交，我说最多可以降 4%，老亨利坚持降 5%，站起来强行和我握手，说第一次听他的，以后听我的。我暗喜 H 童装公司日后的价钱当涨 5%。

这天，谈生意结束时，老亨利送我，直到我进了电梯门，他才转身回办公室。

如果我真的和老亨利合作，一定是很圆满的，但是，偏偏就在这天晚上，老亨利脑出血，送进医院，抢救了半个月，还是去世了。

老亨利死后，他的两个儿子便继承了父业。他们兄弟两人约我去他们公司谈生意已经是一个月以后了。大亨利三十四岁，和他父亲长得一样，矮小，黑发上顶着小黑帽。小亨利二十八岁，比他父亲高半头，披头士发型，不戴小黑帽。

我们是在会议室见面的，双方寒暄问好之后，大亨利说他父亲和我谈的这二十一个款的童装，希望继续由我完成，并说他负责销售，他弟弟负责采购，今后主要是他弟弟和我联络，说完大亨利就走了。

小亨利把坐着的弹簧皮椅背往后倒了一下，让椅子惯性地前后晃动着，他的两个手指在椅子的樱桃木扶手上交替敲打着节拍，用嘴努了一下桌上的资料说："怎么样？价钱谈一下吧。"我一惊，说:"价钱不是和你爸谈好了吗?""重新开始!"小亨利轻描淡写地说。我感觉来者不善,试探问:"你想给什么价?"小亨利说:"50%。"我怀疑我听错:"什么? 15%折扣?"因为英文的50和15的发音非常相近,小亨利一字一顿地说:"50%。"

我咽下口水,把冒到喉咙口的火压下去,也把椅背往后倒足,踮脚刻意晃动着座椅,说:"你认为这个价钱可以做吗?"小亨利坐直了身子说:"当然可以,非洲的工厂可以做。"

我明白了,其实他说的也不错,非洲工厂价钱确实比中国便宜一半。这是因为中国出口到美国的服装有配额限制,粥少僧多,配额就变成了有价票证,配额要占到服装价钱的20%,紧俏的配额甚至占到服装价钱的70%。中国服装进美国还要征收10%到30%的关税,根据天然纤维和人造纤维以及服装种类的不同。

而非洲到美国的服装没有配额限制,又免除关税。但是,非洲做服装并不可行,首先交货时间,中国三个月可以交货,非洲需要六个月,甚至一年。况童装工艺复杂,要绣花、印花,非洲是没有能力做的。

我把身子坐直了,开始收拾东西,说:"这不要谈了,你去非洲做吧。"小亨利站了起来:"大家可以谈的,50%不行,你说多少?"我也站了起来,把背包往肩上一挂说:"我不加你钱就不错了,这个单子已经浪费了一个月,剩下两个半月,我都担心完不成。"

小亨利走到我的面前,故作怪腔地紧皱眉头,用手指频频点

亨利公司在后面大楼

我说:"生意人!"然后,又舒展眉头说:"我请你吃饭,法国大餐——不是三明治哦!"我俩笑了起来。

我坐在小亨利的奔驰跑车上,在繁忙的百老汇大道上穿插超车,引得黄色出租车司机头伸出窗外骂:"他妈的!"小亨利向甩在后边的出租车伸出中指。我问他:"你怎么会用奔驰车?"犹太人恨德国人,从没见过犹太人买德国车。小亨利看着我,反问道:"为什么不可以呢?"我不吭声了,说:"看前面!"

我俩在SOHO的一家法国餐厅吃饭。在全世界的菜系中,我最不喜欢的就是法国菜,按程序有五道菜,吃完一道才能上后一道,花时要三个小时,我宁愿吃三明治。

上菜之前,侍应送上一篮刚烤好的面包,又脆又香,我把面包一小块一小块掰下来,涂上黄油,竟吃了一整个面包。

开始上菜,头盘是蔬菜色拉和开胃酒,我不喝酒,换了一杯冰水。

第二道是汤,有浓汤和清汤可以选择,浓汤中有奶酪,我不习惯,就选有牛肉粒的清汤。我还特地问了,有没有中国西餐的罗宋汤?侍应说那是俄国菜。

第三道是副菜,一碟子中有两个带子和几根芦笋,吃完以后,侍应把碟子收走时,连用过的刀叉也收走。我看着侍应离开,借口上厕所,追上去对侍应说:"快点上菜!"

第四道主菜终于上来了,主菜选择不多,只有牛排、羊排、鸭腿、鸡胸。我不吃牛排和羊排,便选了烤鸡胸,这是我吃过的最难吃的鸡肉，我只尝了一口，然后把盘中的西兰花和胡萝卜吃掉了。我把刀叉放在盘子上，表明我已经吃完了，希望能进入下一道菜，但是不管用，因为小亨利还在一小刀一小刀切着牛排，慢慢品尝。

第五道是甜点，我选了一块巧克力蛋糕。

等到全部吃完，已经两个半小时了。其实，今天最好吃的就是餐前免费的热面包，其他都不好吃。

我在看手表，希望早点离开。小亨利问我今天的菜怎么样，我违心地说："太好了！"不料，小亨利突然提起生意："我需要你帮忙，你同意50%的价钱，我天天请你吃饭。"我差点吐出来，连忙说："以后，我请你。"

小亨利摇了摇头，叹着气说："好吧，这个单子成交了，你抓紧完成。"说完，小亨利和我握了一下手。

我回到第七大道488号10H的办公室已经是晚上十点钟了，对于晚上吃饭浪费的三个小时，我简直是耿耿于怀，这意味着我要少睡三个小时，甚至会影响明天的工作。488号大楼是公寓改成的办公楼，每个房间都保留了厨房和厕所，我们租了一个套房，外间是办公室，里间是会客厅。这里白天是办公室，晚上就是我睡觉的地方。

我每天都会安排上午、下午两次谈生意，有时中午还要加一次，就没时间吃午饭了。下班前回到公司，和员工商量明天的安排，以及督查每天的送货、收钱等好多事情。

员工下班以后，我要自己做饭，为了保证足够的营养和旺盛的精力，吃饭我是绝不马虎的。

我会一锅煮：在锅里同时放入水饺、汤圆、午餐肉，打一个鸡蛋、再撕几片不要洗的卷心菜；或一锅蒸：肉包、菜包、三鲜包、八宝饭、一根香肠、一碗蒸蛋、一个山芋；或烧一锅米饭、下一锅面条，开一个凤尾鱼罐头、一个红烧牛肉罐头，外加一个水果罐头。

开饭时，还要配上各种辅食：肉松、咸蛋、皮蛋、酱菜、腐乳、辣酱。

我一锅煮，就一锅吃，基本不用碗，吃完只洗一个锅，节省时间。

吃完饭，又要工作了，因为上海、香港上班了，这两地和纽约相差十二小时，我要用传真和电话回复他们的请示，布置我每天成交的订单。一直忙到上海、香港员工吃午饭时，我也该睡觉了。我会把会客厅的桌子移开，把两用沙发打开变成床，调好闹钟，睡觉。早上八点起床，十分钟内洗漱完毕，把会客厅恢复原状，员工就要来上班了。

有很多时候，上海公司突发生产上的难题，或者解决不了的问题，会打电话把我叫醒讨论，这种情况下，我只能睡三四个小时，但第二天约好的谈生意是不能更改的。

我强迫自己变成了一部机器，必须完成每天的工作，必须吃好、睡好，必须调整好情绪、收拾好心情，不能高兴、不能沮丧，甚至脸上不能有表情。

二

和 CNT 公司成交的这个三十六万件，总价一百零八万美元的订单，并没有让我高兴多久。在两个半月的生产过程中，我们发现和 CNT 公司的联络很不正常。服装生产每一个环节都是环环相扣的，比如面料质地、面料颜色、绣花颜色、印花颜色、服装尺寸，辅料中纽扣、拉链、花边甚至缝纫线都要经过 CNT 公司确认，才可以做下去，有一样东西不确认就要停产。

我们提供的面料、辅料，CNT 公司发现有偏差会立即回复要修改，如果没有偏差他们就不回复，再三催促，他们才书面确认。整个生产过程都是我们推着他们走，我们比他们着急。

这批服装的信用证上规定：出货前要有 CNT 香港分公司派人验货的合格证书，要有在 9 月 15 号之前装上运往纽约的船的提单。出货后把这两份文件送进银行就可以无条件收钱，我们必须满足这两个条款。

到了 9 月 6 号，CNT 香港分公司派人来验货，表示货品质量合格，回香港就会签发合格证书。但是，三天过去了还收不到，我们措辞强硬地宣布，拿不到合格证书我们不会出运，到 9 月 10 号，我们收到了合格证书。

9 月 10 号，我们立即安排船运，最快的船已经是 9 月 20 号了。我们要 CNT 确认晚了五天的这班船，只要有他们书面确认文件，信用证条款还是有效的，收钱就没有问题。根据服装出口的惯例，信用证上规定的交期和服装实际的交期至少会有半个月的余地，因为服装交期 90% 都是不准时的，需要双方随时协商。

但是，CNT 公司就是不回复，我们公司的亚当上门去找小亨利，他们员工都说他不在公司。在这种情况下，如果再等待就会错过 9 月 20 号的船，我当机立断，在没有得到 CNT 公司确认的情况下货就上了这班船。

出货后，我把有不符点的文件送进银行。银行作为中间人在对我拒付的同时问 CNT 公司，要么接受不符点，付钱换提单拿货；要么不付钱，也拿不到货。这个时候，小亨利出现了，他说没回复是因为出差，货晚了五天可以接受。但他必须出书面文件给银行，银行会用一个星期的时间重新审核文件，然后才能放提单，可这样的话，他去提货就晚了，怕商场取消货，他让我通知银行把提单给他，他提了货马上付钱。

小亨利说的情况也符合常理，这种情况，我们和别人做生意也经常碰到。我担心再延误时间可能会造成后果，我选择相信他，通知银行放提单。

就这样，我掉进了小亨利精心设计的陷阱，小亨利在 10 月 15 号把货提走以后就再也不联系我们了，不管我们怎样打电话、发传真、甚至亚当上门，都找不到小亨利。

我每天都在担心和不安中度过，直到 10 月 25 号，小亨利又出现了,他把亚当找去,表示货晚了,需要打50%的折扣,如果我们同意,他当场付款。亚当立即打电话给我,我的意见:要么100%付款,要么把货退给我,没有其他选择。

亚当悻悻而回,两手一摊说:"没想到会这样。"我已经压制不了怒火,在办公室咆哮:"你什么事情都不要做,天天去找他,一定要把钱拿回来!"亚当像个傻大个吓得低下了头,喏喏地说:"我天天去!"

其实放提单是我的决定,怪不得亚当,但毕竟是亚当找的客户,感觉到内疚。他总是低着头,偶尔抬起头看一下我的脸色,一接触到我喷火的眼睛又低下头去。

亚当早上就等在CNT公司的门口,直到堵住了小亨利,小亨利学我的口气说要么同意50%折扣,要么一分钱不付,没有其他选择。亚当和小亨利吵了起来,亚当指责小亨利失信、失德,小亨利指责亚当货晚了造成CNT损失。争执不下,小亨利闪身进了自己的公司里边,亚当便无计可施,只能站在门口发呆。

亚当回到公司开始义愤填膺了,说要和他们打官司,他认识一家很有名的律师楼,艾琳娜尖声刻语地说:"对,打官司,让法律制裁他!"大胖子尼克更是摇到我面前,在自己胸前拍拍说:"你不用担心,我们肯定赢!"我感到一点安慰,气平了些。

我和亚当来到位于纽约第五大道的一栋大楼的三十九楼,这家叫S&W的律师楼占用了一整层楼面。接待处有一个金发女郎坐在柜台里,她让我们在沙发上坐下,接待大厅足有一百多平方米，比我的公司还大。金发女郎在得到确认后把我们带进 4 号会议室，我观察了他们的整个办公室，估计年租金得有一二百万美元，办公也就三十多人。我陡升一种敬畏感，不是对法律的敬畏，而是对将要发生的律师费的敬畏。

大律师史密斯和律师维特，带了一个女助理。史密斯，五十岁，体形巨大，穿的西装，我目测用布量是我的西装的两倍以上。他伸出大手和我握了一下，我感到一阵亲切和安全。

女助理介绍了他们的收费标准：史密斯每小时一千美元，维特每小时八百美元，女助理每小时五百美元。

会谈开始，我们提交了所有的订单、合同、信用证、船运提单、合格证书、形式发票、装箱清单、来往传真，他们两个律师在互相传递着看文件，一个小时过去了。然后是亚当介绍事情经过和 CNT 公司目前的态度，史密斯再询问了一些细节，又是一个小时过去了。

史密斯脸上露出专业的正义感，说："这个案子没什么争议，可以打。"史密斯故意停顿了一会，继续说："我们不但要追回一百零八万美元，还要追索利息和赔偿。"亚当把小亨利说交货晚了，CNT 公司有损失的话说了，史密斯说 CNT 公司有没有损失不是小亨利空口说的，到了法庭，他无法提供假证据的。

亚当表现得极兴奋，捏紧拳头在自己的胸前有力地晃动了两下，转过头来对我说："我早就说过，我们肯定赢，怎么样？让律师开始吧。"

我一直没有发言，一方面，我自学的那点英文对付不了法律专业名词；另一方面，我从来没有认为我会输，我关心的是什么时候我可以拿到钱。于是我问："打赢官司要多少时间？"

史密斯没有想到我会问这个问题，沉吟了一会儿，微微颔首说："最起码要三年。"然后又说："可能五年，甚至八年。"史密斯详细地说明了缘由，对方律师会钻法律的漏洞，故意拖延，可以合法地多次申请延期开庭等等。说到这里，史密斯"噗嗤"一声笑了出来："在美国，官司打到最后，原告、被告、法官、律师，总有一个人发生变故，甚至死了。"

我听到这里，看了一下手表，已经两小时四十分钟了，不满三小时，按三小时计费，律师费已经七千五百美元了（含纽约州税、市税），再过二十分钟，就算四小时，超过一万美元。我这个官司赢了，拿回一百零八万美元，还不一定够付律师费。

我迫不及待地站起来说："忘了这件事！"我突然觉得自己不礼貌，急忙坐下："对不起，我太冲动了。"我后悔自己太急，应该学美国人说，很好！我回去商量一下，然后在传真中回绝他们。

过了几天，律师账单来了，7438美元，我让亚当打电话去，希望他们给个折扣，可是，女助理说，如果案子交由他们律师楼受理，可以打八折，否则，只能按这个标准收费。

大胖子尼克认为这种小案子交给这样高级的律师不合适，他说："我们应该找讨债公司。"我一听，马上说："马上去找啊！"尼克通过朋友介绍，果然找了一家讨债公司。

这家讨债公司叫"West Collect"（西部收账），我们双方倒也不需要见面，我们把所有的文件传真给他们，他们看了以后说这个案子可以接，如果讨债成功，按实际收到的金额30%收费，如果讨不到，分文不取。

他们讨债的方式是，先由律师发函给CNT公司，表明他们受金丰公司委托来收钱，催促他们必须付钱。并且同时搜集CNT公司股东、客户和生意往来的一应材料，向他们施压，威胁要搞垮他们。如果对方坚持不付钱，再上法庭解决，申请截住他们的应收款。

这个方法比请大律师好，至少收费标准是我可以接受的，我又问了时间估计，他们说可能要几个月，最多两年、三年。也是的，时间上谁能打包票呢？

对方传来了合同，要我签字，我考虑再三，还是放弃了，我等不了这么久。我不马上收到这笔钱，公司的资金链就要出问题。

我公司的生意额是三千万美元，而流动资金总共才三百万美元。我没有贷款，也贷不到款，三百万美元要撬动三千万美元的生意额几乎是不可能的。

根据服装生意的特点，从投入资金、生产服装、出运美国到收到钱，在极端顺利的情况下，要两个月。即使两个月周转一次，一年三千万美元除以六次，每次也要五百万美元，资金成本，也要四百万美元流动资金。但我想，每次周转都有新的利润加入流动资金，只要坚持半年，就可以缓解资金紧张的局面。

我之所以把流动资金留得这么少，是因为我把每年的利润都购买了房产，我购买了上海、香港、澳门的住房和办公室，我也购买了纽约的住房，正在装修。我一方面是为了降低租房成本，另一方面是基于风险考虑，哪一天生意做不下去时，靠收租金也可以过活，绝不负债。我对生意上的总方针是：战略上的谨慎，战术上的冒进。

而现在 CNT 公司不付钱，我三百万美元的流动资金就只剩下一百九十万美元，资金链马上断裂，我必须快速拿回这一百零八万美元。依靠法律的救助，走正常的法律程序是不可能的了，也就是说，我完全守法是行不通的，做生意往往只能游走在黑白之间，有时白并不代表正义，黑并不代表邪恶。

晚上，我一个人在办公室坐着抽烟，房间里已经烟雾弥漫。香烟长长的烟灰断裂在我的身上，我跳了起来，把烟屁股狠狠地揿灭在烟灰缸里。我下了决心，找黑社会！哪怕拿不到钱，我卖掉房子，也要把小亨利弄趴下。

当我把这个想法告诉公司里的人，问他们有什么途径能找到美国黑手党，艾琳娜首先尖叫起来："你疯了！这里是美国。"我转过头不看她，恐我眼光和她眼光相碰会迸出火花，定有一人下不来台。亚当更直接说："你要这么做，我离开公司。"尼克没有说话。

三

我决定找帮我装修房子的老板吕大伟，我在确定让吕大伟装修之前，他曾带我看过他装修过的样板房，在中国城的小意大利街的意大利餐厅。

美国黑手党发源于意大利的西西里岛，饭店老板是意大利人，应该有途径可以找到黑手党。吕大伟倒是去问了，可是，得到的回答是他们对这种生意已经不感兴趣，而且他们也没有和中国人打交道的先例。

但是，吕大伟倒是有个好消息，说他认识中国城的福庆帮，福庆帮是以凶狠而著称的，早年和美国黑手党发生血拼，还占了上风。

我决定去吕大伟家拜访，请他引见福庆帮。吕大伟五十岁，宁波人，1980年偷渡来美国，后来拿到绿卡，便把他老婆、父母还有儿子申请来美国，到了美国又生了一个儿子。我买了两个水果礼盒，去吕大伟位于布鲁克林的家中。

他的房子是自己买的，属于663式的三层带地下室的独立房子，每一层都是三房一厅，他出租了两层和地下室。这个中国式的四代同堂的家庭就住在第一层：吕大伟和老婆住一间，父母住一间，大儿子和台湾女结婚生一女儿，住一间，读初中的小儿子晚上在客厅打地铺。家里拥挤、脏乱，更乱的是语言。

我按老幼顺序一个一个打了招呼。吕大伟和老婆讲国语；吕父吕母讲宁波话；大儿子在中国城长大，讲广东话；儿媳是台湾乡下人讲闽南话；小儿子读寄读学校讲英文。奇怪的是，各讲各语，竟谁都能听懂，无须翻译。可怜的是吕大伟三岁的孙女，虽是全家掌上明珠，自小众人抱大，每个人都对她讲自己的语言，她也能听懂，唯至今不会开口讲话，她不知说什么话，或许以后什么话都会说。

我和他们一家人坐下吃饭，实在憋不住笑出声来："该讲闲话，咋弄弄啦。"我尽力讲宁波话让吕父吕母听懂，大儿子忙用广东话说："我哋全部听懂嘅。"小儿子说："No problem."儿媳讲了一句闽南话，我没有听懂，吕大伟就只是笑。

吕大伟对自己目前的生活很满意，全家移民美国，有自己的房子，虽然这个价值二十万美元的房子只付了六万美元首付，但供楼款都是租客付的，大儿子、儿媳都有工作，这在中国人的圈子里简直就是成功的典范。

吕大伟成立了一家装修公司，在报纸上登个邮票大小的广告找活干，我就是通过报纸广告找到他的。虽然这个公司只有他一个人，每次接到活，他再去马路边招募没有身份的黑工，这些人都是叫他老板的。

在他们家吃饭已经是美国化了，一大盘蔬菜色拉、一大盘日本寿司、一大盘香肠片白肉片腌肉片，还有冷的热狗。吕父母虽然认为美国比宁波乡下好多了，但这个中国胃终变不了，他们弄了一碗菜泡饭，自己吃，吕父说："这种冷刮刮的东西有啥吃头？泡饭吃落交关乐胃啦。"我忍不住向吕父讨了一碗菜泡饭。

结束时，他们全家送我到门口，吕父叮嘱："雨刚刚落过，路滴滴滑，开车要当心点呢。"我大笑道："谢谢阿爸，晓得了。"

吕大伟带我去见福庆帮是在中国城丰收大酒店的一个包厢内，下午，饭店没有营业。我走进包厢，圆桌的对面坐着三个男人在喝茶谈事情，桌上放着很多类似账册的本子。

吕大伟指着坐在中间的一个男人说："这是麦克唐，唐大哥。"又指我说："这是冯先生。"我走上前把手伸长了和坐着的麦克唐握了手说："麦克唐好！"麦克唐四十多岁，穿着宽大的带风帽的多袋夹克衫，像美国黑人一样，喜欢穿大一号的服装，随意、拖沓、嘻哈，剪一个寸头。

麦克唐把面前的账册推开，打量了我一眼，面无表情地说："坐吧。"我和吕大伟坐下，边上一个男人走过来帮我们倒了一盅茶。麦克唐已经知道我的来意，他把我递上的一叠资料翻了翻，并没有仔细看。

麦克唐冷冷地说："你想怎么做？"

"帮我把钱要回来，"说完，我补充道，"收费按你们规矩。"

麦克唐依然冷冷地说："为什么不打官司？"

若打官司，何必找你？我忍下了说："打官司你知道的，要多少时间啊？"

麦克唐的脸上有了点暖色，但瞬间又转为难色说："在美国对付台面下的事好办，对付台面上的事不好办，这些老外的公司都在中城，办公大楼和警局都是连线的，我们要是冲人家办公室，两分钟警察就到。"

我和麦克唐都沉默了，吕大伟坐在边上一直在赔笑，这时竟然夸张地"嘿嘿嘿"地笑出声来，我不知道他是想用傻笑来冲淡尴尬的气氛还是想缓解自己内心的紧张。麦克唐朝吕大伟看了一眼，吕大伟马上不好意思地伸手去挠头发。

麦克唐说："我有一个合作伙伴是做 collection agency（讨债公司）的，我可以把你的案子转给他们。"我马上回答："不用了，我找过 collection agency 的。"

事既不成，多坐无益。我起身想走，却假客气一番："晚上，我请你们吃饭吧？"麦克唐说："不要客气，"说着站起来主动和我握一下手："不好意思，没帮到你。"

CNT 公司的钱要不回来，但日子还得过，我依然是白天谈生意，晚上跟着上海香港的钟点工作。我刻意把工作安排得非常紧凑甚至超负荷，不给自己留一点空隙，即便这样，和客人谈生意时，稍一冷场，我就走神，会想到这一百零八万美元，直到客人用手指头敲敲桌面，我才回过神来。白天还好，晚上我只要半夜醒来就睁眼到天亮，第二天上班就恍恍惚惚，挨到晚上便睡得如昏过去一样，于是形成一天睡不着，一天睡不醒，如此循环往复。

我只能启动强大的毅力，强迫自己不去想这事，一想就骂自己没出息。每过去一天，就把桌上的台历翻过一页，我希望心中的这道坎被日子的灰尘渐渐地覆盖掉。但 CNT 公司这一百零八万美元的缺失所造成资金链断裂的后果是覆盖不了的。

首先是香港告急，每批服装的出口都要有中国国家外贸公司的出口许可证，拿许可证必须付美元。而账上的美元开始入不敷出。

接着是上海告急，工厂做的货出去了，我们付钱的期限到了，我们面对几十家大小工厂，其中有一半已经闹起来了，上海要求我马上回去商量对策。

世事总是福无双至，祸不单行。

这时候，又发生了一桩事故，我们运送给 Goody's 商场二十万美元的货从洛杉矶上岸，用火车运到美国中部的 Goody's 总部仓库。火车在中途出轨翻车，这在美国历史上是第一次恰又让我碰到，我们的货抛在路上。我们公司的尼克联系美国铁路公司，想用卡车去拉货，可是警察已经接管了现场，任何人不可以进入。就这样，眼睁睁地等了两个星期，铁路修好，货期已过。Goody's 给我们两个选择，要么不收货，要么收货打 25% 折扣，这也公平。

此时，对我来说，资金比利润更重要，我当机立断，接受 25% 折扣。尼克找铁路公司和保险公司赔钱，但是，他们都说，货物遗失或者损坏可以理赔，货物完整，时间延误不属于理赔范围。

这一年，纽约的冬天特别冷，到了 11 月下旬已经是零下十度了，星期四的早上，我起床收拾完开始工作，直到九点过了，仍没人来上班。我正疑惑，忽听街上鼓乐震天，我从窗口看第七大道，只见人山人海，马路中间游行队伍夹杂彩车，大型卡通气球升到四层楼高。

我赶紧下楼，方知今日是感恩节，一打听，感恩节在美国是第一重要节日，如同中国的春节一般。

我只知道工作，早忘了人间烟火。

看着狂欢欣舞的人群，我感慨不已，突然觉得这生活本就是美好的，能给我们制造烦恼的其实就是自己。一百零八万美元的损失就使我烦恼了吗？小亨利这样的坏人就使我烦恼了吗？这辈子一定还会碰到比这更大的事情，我靠强迫自己忘记烦恼仅是凡人所为，我必须学会做到刀枪不入，百毒不侵，生意归生意，生活归生活，动脑不动心，劳身不劳神。

这一天，我的感恩节感悟，就像王阳明的龙场悟道般使自己升华了，圣化了，原来历史上的圣人、伟人都是这样炼成的，长期修炼，顷刻顿悟！

四

我回到了上海，召开总经理和部门经理会议，讲明了目前的处境，希望大家一起共渡难关。有的经理埋怨我发展太快，资金和管理都跟不上，我也做了检讨，表态以后还是以稳健为主。

我一方面组织经理班子讨论有限的资金用到最需要的地方，一方面我决定把香港的一套房子挂牌出售，以缓解资金的压力。

众多被拖欠货款的工厂老板知道我回上海了，便找上门来，我只能好言相劝。唯扬州服装厂的孟厂长采取了强硬手段。

这天早上，孟厂长派了五个人来，两个人把我门卫按倒在地，三个人上楼进到我办公室，一个是挂着拐杖的瘸子、一个是瞎子，剩下一个更是没有双腿，用手撑着走路。全都是破衣烂衫，臭气熏天，应该是外边找来的乞丐。

三个残疾人进来后，两个健全人也上来了，把个没腿的人抱起放在我的办公桌上，另两个残疾人坐在我办公桌对面的椅子上，一个健全人把着门，不让我走出去，另一个健全人干脆坐上我的大班椅。

我打电话给孟厂长说："你太不够意思了，好坏我们有几年生意合作，这次货款晚了半个月，你就采取这种手段？"孟厂长说："你们不是没钱，高邮厂昨天不是拿钱了吗？"我说："你误会了，高邮厂出货比你们早。"孟厂长说："没关系，等轮到我们拿钱了，这些人自然会走。"

我拿起电话打给我弟弟，让从我们上海厂里派两个人过来。公司里的员工纷纷上来指责他们的行为，但是秀才遇到兵，有理讲不清。

只半小时，来了厂里的保安阿龙和阿彪，阿龙进门也不说话，抡圆了臂膀照准把门的健全人一个耳光打去，把他打得转了一圈半，摔倒在地。阿彪抢过瘸子的拐杖把坐大班椅的健全人打下座来。一秒钟，两个健全人就趴在地上起不来了。

阿龙说："这是你们能来的地方吗？出去！"阿龙环顾了一圈办公室说："我都没来过。"一行五人连滚带爬进了一间没有窗户的储物间。

懒人屎尿多，其中一个健全人对阿龙说要拉屎，阿龙说："拉在裤裆里！"那人说："你不让我去厕所，我就拉在地板上。"阿龙说："你敢拉出来，我就叫你吃进去。"那人于是便大哭起来。三个残疾人又恢复了路边乞讨的模样，懒散地看着地面，一动不动。

孟厂长打电话来了："你非法拘禁，我要报警！"我说："报警？你报还是我报？你的钱到期也不给。"

孟厂长报了警，警察把这五个人和阿龙、阿彪带去了派出所作笔录。

我一个做地产的朋友焦大佬他女儿结婚，给我发请帖，我随了礼，但是，这一天，美国有客户来上海谈生意，我去不了，便叫公司副总经理洪家豪代我出席。

焦大佬安排我这一桌都是平时的朋友，洪家豪坐在其中他们并不认识，几十桌酒席，互相之间不认识也很正常。

这桌的人今天特别兴奋，一个穿格子呢西装的胖子说："哎，你们知道吗？金丰公司现在不行了，讨债的人排队上门，快关门了！"

一个戴金项链的光头说："真的啊？说来听听，说来听听，快点啊！"

一个穿中式盘纽衣服戴礼帽的复古男人说："我听人说，前一段时间，老冯失踪了几个月，是捉进去了，现在放出来是解决债务问题，蛮严重的。"

一个戴眼镜的人说:"老卵!他这种半吊子英文,跑到美国去开公司,让人卖了也不知道,我英文这么好,也不敢去。"

一个头发三七开的男人说:"是呀!好好的厂长不做,偏要出来做生意,我老早劝他,他不听,现在吃苦头了。"

胖子马上纠正三七开男说:"你也不能这么说,做生意要看本事的呀,我们光头不就做得老好的啊,也是做服装,现在厂里有五千个工人噢,全中国也能数一数二。"

"不敢当,不敢当,"光头故作谦虚,但还忍不住要显摆一下说,"我做生意不求人,厂开在那里,客人愿意来就来,不来拉倒,我不会像老冯一样到处找客户,要闯祸的。"

"这是你有实力呀,人家客户当然要上门求你咯。"胖子继续恭维光头。

光头回敬胖子说:"你胖子最潇洒了,你的几家饭店,天天爆满,你嘛,天天搓麻将,日子好过啊,就是吃得太胖了。"大家一阵哄笑。

胖子说:"做生意为啥?不就是要过好日子吗?像老冯这样吃苦没必要。"

胖子又指着复古男说:"听说你现在钢材生意做疯了,钱你赚得最多了。"

复古男说:"我生意不能和焦大佬的房地产比,但我省力啊,一手进,一手出,赚几百万很容易,我也劝过老冯,不要做服装了,跟我做钢材,包你赚钱,他不听。"

眼镜男对复古男说:"老冯不肯嘛,我跟你做好了,帮你拎包怎么样?"

复古男朝眼镜男白了一眼说:"你不要吃我豆腐好吗?你在外贸公司,铁饭碗,回扣又不少拿,日子好过的是你!"

眼镜男笑了起来指着三七开男说:"人家当处长油水才大呢,我只是他一只零头。"

三七开男忙摇手说:"不要乱讲,要捉进去的噢!"

复古男说:"钱拿了差不多就可以了,叫老冯帮忙,在美国留条路。"

直到婚礼开始,主持人提议举杯,这场议论才算结束。

洪家豪把婚宴上的话告诉了我,我马上想到了是哪几个人,但我没有想到的是,我的落难竟然给这么多的朋友带来欢乐,我的失策竟然可以反证这么多朋友的高明。

1995年的春节快到了,什么事情都必须停下来。腊月二十八,我回到家,看到父母在打扫卫生,擦玻璃,我惊奇地问:"两个用人呢?"母亲说:"回掉了。"我急了:"那家里的事情谁做啊?"母亲说:"自己为什么不能做呢?我和你爸每天做一点,不累的——不用你做的,你忙你公司的事。"

父母每天关注着公司的情况,我最近一百零八万美元收不到,他们一定知道,所以他们主动压缩家里的开支,把用人回了。

我难过得想哭,说:"妈,我有钱!"

母亲说:"我知道你有钱。"

我说:"我有很多钱,就算从现在起我不做生意,这些钱也能养活这个家。"

母亲又说:"我们不要你养活,我和你爸都有退休工资,有劳保。"

我又说:"两个用人每月的工资加起来才八百元,还不够我请人家吃一顿饭的,你回了他们干什么,要省这点钱?"

母亲说:"你生意上用掉的钱都会赚回来,我们用掉不就是浪费了吗?"

我在母亲面前词穷理屈,哑口无言。

父亲开始说话了:"你公司用了那么多的人,费用吓死人,人员起码要砍掉一大半,哪有像你这样做老板的?"

我差一点想对父亲说:"你懂什么?"母亲抢过话头对父亲说:"你要做老板一天也做不下去,你除了和公司的人吵架还会做什么?"

父亲说:"我看不惯还不能说?"

我突然明白父亲到公司去管教过员工了,我最反对这种事情。

我压制住不满,抢过父亲手中的水桶和抹布,准备去擦玻璃窗。母亲在我背后说:"不要你大老板做,我们自己做。"

这时,副总经理洪家豪进了家门,拿着香港金丰公司伍经理发来的传真。我放下水桶,看传真上列了几十个公司的名单,伍经理请示春节前按惯例向和我们有业务往来的公司送礼盒和利是。名单上有汇丰银行、中国银行、南洋商业银行,有面料供应商、辅料供应商，有利丰洋行、AMC 洋行、Colby 洋行，有 CNT 香港分公司……

我停住了，CNT 香港分公司？我想起来了，他们曾经给我们出过验货合格证书，他们香港分公司有五十多个人。我们香港公司伍经理和 CNT 香港分公司的女经理谭小姐吃过饭，关系还不错。

我看着"CNT 香港分公司"的名字足有一分钟没动。突然，我把抹布狠狠地砸在水桶里，嚎叫道："端掉他！"水溅了一地，洪家豪吓得退后一步。母亲走过来说："水桶怎么了？我来端。"我"哼哼"冷笑了两声，母亲看着我，以为父亲的讲话刺激了我，对着父亲发火："你这个死老头子，早就对你说过，儿子回来话不要多。"我仰头大笑起来，这回是真笑，然后对母亲说："妈，我没事，很好！"

腊月二十九，我飞香港，约了香港公司七名员工及其家人一起吃尾牙饭。

我的香港公司去年招聘了一个员工叫郑建安，二十四岁，大家叫他安仔，以前在尖东的夜总会泊车，加入过香港黑社会 16K 组织。他妈逼他找一份写字楼工作，工资低一点不要紧。安仔到公司上班后，仍然惰性不改，总穿短裤背心，脚跐拖鞋，我教育他以后，背心改成了圆领衫，拖鞋改成了凉鞋，但也好不到哪里。

晚饭后，我把安仔留下，让他给我引见 16K，安仔一口答应，但是叫我不要让他妈知道。

香港的春节虽然年味甚浓，却和大陆不同，街上店铺全都关门，反显得冷清。香港在向西方的习俗靠近，人们热衷于回归家庭。

大年初二下午，安仔带我到旺角一家麻将馆的楼上。我见到了 16K 的祥哥，四十多岁，一米七五左右，黑西装外披着黑风衣，寸短头发向后倒着，像风吹草低一般。祥哥一表人才，极像刘德华，哪里看得出是黑社会大哥。

我和祥哥互道一声新年恭喜后，便在一张方桌的两头坐下，祥哥的手下帮我们倒了茶，安仔一声不响退出了门外。

祥哥说：“点嘛？有咪可以帮到你？"祥哥的客气可能因为我是安仔的老板。我把我的来意讲了以后，便把一叠几十张英文文件推上去说：“你睇下先哪。"我担心他看不懂英文。

祥哥仔细地一页一页在看，由于有很多文件是表格，只要看最上面的名称和最下面的总数就行，尽管这样，祥哥也看了四十分钟。忽然，祥哥神情严肃，拿出几页文件反复对比，然后，把文件放在我面前说："你就算系交货期一天唔晚也摞唔到钱。”

祥哥指出订单的编号和合格证书上的编号是不一样的，一个是 95S74658，一个是 95S76458，中间的 4 和 6 错换。也就是说他们检验合格的这批货不是你订单的这批货。银行对文件的验付是一个字一个字核对的，银行发觉有错就不会付钱。

我没有想到这里还有一个陷阱，顿时浑身汗毛竖起，像看到鬼一样，感到恐惧。这套文件经过这么多人之手，竟然没有一个人看出来,我紧盯着祥哥,心想,这是何方神圣,竟有如此火眼金睛?

祥哥忽然说:"扑街!呢些鬼佬欺负我哋中国人——搞佢!"祥哥说着把食指戳向地面。

祥哥把他的律师叫过来,让我签了一份委托书,我一看委托书上写着他们的香港天达咨询有限公司帮我公司收钱,收费标准按实收金额的 15%,我便和祥哥商量 10% 可以吗,因为这批货的金额比较大。祥哥看着我,我心里发毛了,心想算了,刚想答应 15%,却不料祥哥笑了一下说:"好啦,10%,OK!"

手续办完以后,祥哥要我马上返回纽约,美国 CNT 公司一定会有反应,让我把情况及时通报。

五

大年初三,我飞到纽约。

纽约的春节完全没有过年的气氛,在美国的华人即使年三十和年初一也是上班的,只有中国城的华人在自己的圈子里过春节,习俗又和大陆、香港不同,也仅限于在中国城由穿黄绸汉服的壮士,敲锣打鼓,搞一次舞狮会。还有就是各同乡会在临时祠堂,点上香烛、摆上三牲、祭祖祭宗,活动经费要么是大众募捐,要么是侨领赞助,纯民间自发,华人此刻便走出家庭,融入社团,以慰乡愁。华人的家门口是不敢贴春联挂红灯笼的,怕招来贼,因为华人家中习惯放现金，常成为打劫目标。

春节对我来说，与平时无异，仍旧是排得满满的谈生意。亚当向我汇报这期间他一直没有停止找小亨利，他就是躲着不出来。

初五早上刚上班，小亨利冲进我公司，因只有两个房间，他一开门便直面我和公司其他三个人，他一出现我就知道发生了什么事情，但没料到这么快。

小亨利满脸怒气，用颤抖的手指指向我，刚要说话，我抢先说："你好啊！这么长时间没见到你。"

小亨利嚎叫道："停止使用暴力！"

我顾左右而言他："发生什么事情？"

小亨利激动地说："你派人骚扰我的香港公司，你这个流氓！"

"真的吗？"我故作惊讶的样子，"不可能的，你一定是搞错了吧？"我第一次撒谎竟如此痛快。

公司三个人都看向我，我装着无辜地说："我和你们一样，刚听说这个事情。"我扫视了一圈人群，和每个人询问的眼神对了一眼，用眼神给了他们一个肯定的点击，这些人犹如画龙点睛般的又活了。

小亨利有点吃不准了，说："是不是你们香港公司的人做了这件事？"

我回答："可能吧，我需要确认一下。"

小亨利近距离贴近我，指着我说："你必须通知他们停止行动。"

我点了一支烟，深深地吸了一口，然后，把烟徐徐地吐向小亨利的脸上，小亨利用手掌在自己脸前扇了扇说："不要抽烟！"

我回答："滚出去！——我刚开始呢。"

当晚，我和祥哥通了电话。祥哥告诉我，他手下的兄弟带了十几个人，冲进CNT香港分公司位于九龙某座大厦的第十二楼整层办公室，把他们布置的春联、恭贺新禧的红帖撕了，把几盆蝴蝶兰和绑着红绸带的发财树砸了，把公司内五十几个员工统统赶出去，对他们说不用上班了！

次早，小亨利又来了，他带了一个超级大汉，有两米多高，进门要低头才过门框，还由于体宽，要稍微侧身才能入内。进门一看，起码有三百多磅，比一只黑熊还大，穿着黑西装，戴着墨镜，进门后站在小亨利的后边，双手背剪。

小亨利还是进门就嚷："你有麻烦了！你有麻烦了……"小亨利指着我连说了五遍，我想美国人骂人的词汇实在太少，最多加一句"Fuck you"到顶了，且只限马路上骂，在生意场是不会用的，远比中国骂人祖宗十八代的词汇少，我也骂不出什么新花样，说："认识你就是麻烦。"

小亨利可能也觉得这样骂人没有威慑力，换成了实际的威胁："我会让你的公司关掉，我会让你滚出美国去。"他说了一大堆这样的话，什么我认识你所有的美国客人，他们都是犹太人，我会把你的行为告诉他们，他们将停止和你做生意。

他见我无动于衷，把威胁变得更具体了："你和美国H童装公司，还有 ES 公司做生意对吧？我和他们是亲戚，我会让他们停止和你做生意。"

这倒是我没有想到的，我知道犹太人都在门当户对的同族人之间通婚，他说的一定是事实。这一惊非同小可，这还真刺到了我的软肋，我怔了一下，但马上恢复了平静，我早练就了在任何时候脸上没有表情，虽然瞬间的慌张还是让我分了神。

现在不是考虑这个威胁的时候，先针锋相对再说，我两秒钟内把自己拉回骂战中，我说："我也把你做生意不付钱告诉犹太人的圈子，让你没法做人。"小亨利也愣了一下。我开始虚张声势，以攻为守："我会让你进不去香港、大陆，我会让你上中国的黑名单。"当然这些我是做不到的，但现在必须气势上压倒他。小亨利的慌张明显地挂在脸上，气得满脸通红。

小亨利见这轮争吵没有占到上风，便转身指向超级大汉说："我也对你采取暴力，从现在起他会坐在你们公司，他可以把你捏碎！"这话我信，就凭这个超级大汉可以把我当一只鸭一样提起来，我连还手的余地都没有。

超级大汉朝前跨了一步，直愣愣地瞪着我，我已经看到墨镜后面铜铃般的牛眼，但我想，把墨镜摘掉不是更可怕吗？为什么在屋里戴墨镜？显然不是为了装酷，而是装凶，这分明是露怯了。

这个超级大汉当个保镖倒是合适的，当黑社会太业余了，真正的黑社会是像刘德华一样的祥哥，你们见过吗？

我又想，在美国，警察最怕那种看上去像好人的坏人，突然掏出手枪向警察射击，警察输在没有防备上。最不怕这种像坏人的坏人，警察没有开始问话，就已经举枪瞄准，一定叫你趴下或者双手抱头蹲下说话，如果不服从就真开枪。

想到这里，我对亚当说："报警！"亚当拿起电话，"911"三个号码一秒钟就拨完了，也马上通了，我没有听清亚当是怎么对警察说的，只见超级大汉溜走了，小亨利也走了，走前对我说："你等着！"

警察还是来了，亚当把小亨利和超级大汉未经许可进入我们公司的事情说了，后来警察去了CNT公司录了口供。

香港这里，CNT香港分公司的经理谭小姐当天就对16K的骚扰报了警，警察来了，警告16K必须离开CNT香港分公司的办公室。

祥哥当然知道这个结果，所以就让手下人退出来，驻守在办公室的门外，凡是到CNT香港分公司办事的人都会得到一张传单，告诉他们CNT公司不付钱的事，弄得整栋大楼都议论纷纷。CNT香港分公司的员工进出办公室，都要从祥哥手下的人墙中挤过去。

第三天早上，小亨利没来，大亨利来了。

大亨利一进门看到我就上来握手道："你好！我们谈一谈好吗？"我以为他准备付钱了，把他引到桌边坐下，为他倒了水。大亨利说："我弟弟坚持50%，我做个中间人，70%怎么样？"我断然拒绝，不想再谈了。大亨利还是头头是道地说："我们赶快把这个案子结束,让一切不愉快都过去,我们重新开始做生意,我相信我们能合作好。"我说:"不需要谈下去了。"大亨利装着生气地说:"这样,我就帮不了你了!"大亨利摇着头走了。

大亨利走了以后,亚当和我谈:"我认为,70%可以接受,可能这是最好的结果了。"我说:"不要影响我的决定。"不料亚当说:"我们应该停止暴力,否则我会离开公司。"我说:"你有权离开公司。"

小亨利不来,但并没有闲着,CNT美国公司打电话到美国驻香港领事馆,并出具了律师函,说他们的香港分公司遭到攻击,人身安全得不到保障。美国领事馆高度重视,立即照会了香港警务处,警务处最高级警司把案子转到东九龙总区,东九龙总区出动警察到CNT香港分公司的大楼,看到正在围困办公室的16K人员,立即将这些人带去警署。

16K和警署打交道是常事,16K下面有很多合法的公司和专门的律师,祥哥了解情况后,便派出大律师英国人Charles去警署交涉,警署的警司也是英国人,两个英国人在谈论为什么两个美国公司发生的经济纠纷要弄到香港来解决。

香港的法律是讲证据的,警察并没有看到16K人员有暴力行为,更没有发生人身伤害,只看到他们在围困CNT香港分公司,最多也就是行为不当,或者影响市容。这十几个人分别在警署录了口供,律师作了不再围困CNT香港分公司的保证后,全部释放。

警司把案子处理经过和结论逐级报到香港警务处，香港警务处又转给美国领事馆。

事件平息了下来，我感到沮丧，这他妈的美国人还真是厉害，怪不得可以在全世界称霸。这小亨利不付钱还这么硬气，这个世道，到哪里去讲理？

大亨利、小亨利都不来了。亚当也不说离开公司了，亚当还私下里打电话给大亨利，请求他在70%的基础上再上去一点，亚当说他也会说服我让步的，但大亨利让亚当找小亨利，他说不插手这件事，可是小亨利连电话也不接。

六

就这样，平静了一个星期后，CNT香港分公司的一个副经理廖先生出事了。廖先生每个周日都去九龙的西贡西郊野公园的山径道骑自行车锻炼，他戴着头盔、穿着反光背心，骑一辆土拨鼠山地车，极具专业水准，他还曾参加过香港自行车山地车赛。

可是，这个周日他出事了，他结束锻炼，在回家的路上要横穿一段机动车道，这段距离也就三十米，偏偏在这三十米的机动车道上，被一辆私家车撞倒。

警察到事故现场解决，认定私家车属正常行驶，也没有超速，廖先生负全责。廖先生被送进医院，大腿骨折、三根肋骨骨折，头上还缝了十几针，医生说起码要卧床休息四个月。廖先生后来又报警说这个事故一定和 16K 有关系。可是，警察查过私家车驾驶员没有前科，更没有 16K 背景，排除了蓄意谋害。

CNT 香港分公司经理谭小姐去医院看望廖先生后，回到位于蓝田的家中，和老公女儿刚坐下吃饭，可视门铃响了，谭小姐按了对讲键，从屏幕上看到一个光头男子拿了一束花，说要拜访谭小姐。

谭小姐说："我不认识你，你是谁？"

光头男说："你真是贵人多忘事，我以前是菲律宾帕赛公司的香港联络员，到你公司来过。"谭小姐想起来两年前是有一家帕赛公司，她也派人去验过货，双方有过纠纷，后来，这家公司倒闭了。但她绝对没有见过这个人，帕赛公司在香港也没有联络员。

谭小姐仔细看了光头，确定自己的判断，她问："你找我干什么？"

"找你做生意啊，我想在深圳办一家服装厂。"光头男说。

"你怎么会知道我家里地址的？"谭小姐问。

"噢，帕赛公司的人告诉我的。"光头男继续说。谭小姐从来不会把家里地址给任何有生意往来的人，她确定这个人有问题，可是，又不能简单地把电话一挂了之，人家找上门她是甩不掉的。

谭小姐说："我要报警了！"

光头男说："为什么要报警呢？你们公司又没有赖我的钱，怕什么呢？"谭小姐听到这里，突然明白了，她发疯一样抱着头嚎叫起来，她老公急忙走过来问怎么了，再一看屏幕，光头早走了。

谭小姐当天晚上就打长途电话到美国CNT公司，大亨利、小亨利一起听电话，谭小姐说16K已经找到我家里，我的安全没有保障了，谭小姐一边说一边哭。大亨利感觉到问题的严重，跌坐在椅子上没有吭声，小亨利对谭小姐说你报警啊！谭小姐说报警有什么用呀？我都不知道那个人是谁。廖先生也报警了，有用吗？谭小姐说我不想让车给撞死，你们付钱给人家吧，我不想做了……

通完电话，小亨利又要打电话找美国驻香港领事馆，大亨利阻止了他说，我们已经找领事馆好多次了，没有证据再找也没用！

谭小姐成了惊弓之鸟，她觉得有人在暗地里随时随地看着她，平时，她四岁的女儿接送幼稚园都由保姆负责，现在，她开始不放心了。

次日下午，她亲自去幼稚园，接了女儿要过三条马路才到家，在第一个路口，已经绿灯了她也不敢过去，等凑到一拨人才敢过。

谭小姐刚过了一条马路，忽听有人喊："哎！怎么这么巧啊？谭小姐。"她转头看时，一辆私家车在她身边停了下来，驾车人就是昨晚的光头男："接女儿啊？哎哟哟，女儿这么漂亮啊！我捎你们一程吧，正好顺路。"谭小姐吓得浑身发抖，搂住女儿大叫："你们要干什么？"光头男骂了一声："痴线！好心当成驴肝肺。"一踩油门，绝尘而去。等谭小姐抬起头，光头男早已不见了，只有一群路人围观。

谭小姐要崩溃了，带着女儿连夜离开香港，去了大陆的佛山亲戚家，连班也不上了。

CNT香港分公司原本有五十几个人，经理谭小姐、副经理廖先生不来上班，公司因各种原因不来上班已有大半，公司陷入了瘫痪。

忽一日，大亨利、小亨利一起到我公司来，站在门外，很礼貌地问："我们可以进来吗？"在得到许可后，大亨利大咧咧伸出双手走过来，抓住我的手就握："你好啊！冯先生。"并朝办公室每一个人打招呼："各位，大家好啊！"就像中国人过完年上班，有客人上门来拜年一般热闹。小亨利跟在大亨利的后边，没有和我握手，但和办公室其他人勉强打了招呼。

大亨利拿手拍拍我的臂膀，像老朋友一样友好地说："我们付钱，全付，小亨利太年轻，不会做生意，以后由我接管他的工作。"我面无表情地看着他，只说："好啊，随你。"

大亨利从包里抽出一份律师起草的文件递给我说："你只要签个字，我们今天就付钱。"我粗略看了一下，是一份承诺书，要我承诺以后不再采用暴力对付CNT香港分公司。

我把文件交还给了大亨利，这么明显的圈套我会钻么？这不等于承认之前香港的所作所为都是我安排的，他便可以在美国起诉我。我说："我不会签，你也不要付。"大亨利说："事情总要解决吧？"我拿出一张祥哥给我的律师Charles的名片说："你找他吧。"

大亨利、小亨利离开的时候依然装着很客气。

CNT美国律师和16K英国律师经过两天的磋商，拟定文件也颇费周折，尤其是文字上的反复推敲，但这时候CNT公司已经没有了话语权。CNT美国律师要求在文件上不再采用"暴力"，退到"骚扰"，再退到"干扰"，一律不被接受，最后双方同意采用"接触"二字。金丰公司（包括所有分公司）和CNT（包括所有分公司）不再有任何生意和非生意上的接触，金丰公司在收到CNT公司的全额货款以后不再追索任何利息和赔偿，CNT公司在销售金丰公司所做服装的过程中不再提出任何质量的异议。

纽约时间早上十点，双方律师最后通了一次电话，然后在传真中完成了签字。签字后的一个小时内，CNT公司欠我的一百零八万美元全数到账了。

但要不接触可难，我中午出去吃饭在街上就碰到小亨利，真是冤家路窄，我们都看到对方相向走来，眼光"接触"了，即便不问好，点个头总也应该，这也不能算"接触"吧。我刚点头，小亨利就别过头去，就像士兵接受检阅时向侧面的主席台行注目礼。小亨利坚决执行不"接触"规定。

但我想不接触还真不行，到了晚上CNT律师打电话给16K律师，指责我方为什么收到钱还在采取行动。原来，CNT香港分公司的财务总管在上班挤地铁时，和人发生冲突，被人打伤了，硬怀疑是16K制造的意外。祥哥和我通电话都哭笑不得。

CNT香港分公司甚至把和大楼物业发生矛盾也归咎是16K

的阴谋，真是草木皆兵。不过也怪不得 CNT 公司，连我也是对 CNT 公司存有疑心的，我担心小亨利在犹太人生意圈说我动用黑社会，小亨利果然说了。

七

ES 公司的老板杰弗森就真的找我了。杰弗森和大亨利是连襟关系，犹太人在生意上是互不侵犯，但对外却是一致的。

我到了 ES 公司，我和杰弗森握手问好后便坐下，每次谈生意前，杰弗森必问，你喝什么饮料？我若说不要，他也不真拿。唯这次，我说不要，他偏拿一瓶矿泉水来，我本不想喝，也拧开瓶盖喝一口，立显生分了。

杰弗森看了我一眼，问道："你和 CNT 公司发生纠纷了？"他单刀直入，眼色却并不严厉。

我心想，小亨利定把我说得十恶不赦，我必须解释清楚："他们收了我们的货不付……"

杰弗森突然打断我："和我们有关系吗？"

"没关系。"我脱口而出。

"那，我们开始谈生意吧。"杰弗森把资料摊开。

我们谈的是一件儿童棉背心，我拿出计算器算了一会就报价道："5.8 美元一件，包运费，送到你仓库。"

杰弗森夸张地叫起来："太高了！你这是杀了我。"说着，把手掌横过来抹了一下脖子。

我见惯了犹太人的这个动作，问道："那，你的目标价是多少？"我真实的要价是5美元，故意提高了0.8美元，作谈判用。

杰弗森拿过计算器算了一下说："4.5美元。"

这回轮到我故作惊讶了："这个价怎么做？你要我贴钱给你啊？"

"你要节约成本，把水分挤掉。"杰弗森说着，双手做了一个拧毛巾的动作。

我摇头，露出痛苦的表情说："5.5美元，我让一步。"

杰弗森突然从侧面攻我："你运费多少？"

我一一列出海运费、两地港口费、美国国内运费："12%不多吧？"

杰弗森像抓到什么把柄一样惊叫起来："运费哪有这么高，一般只占到8%。"

我讲出我的理由："你就不知道了吧，这棉背心是抛货，一箱装不了几件。"

杰弗森奸笑了起来："你当我不知道啊？10%不会超过，我们打赌？"

我说："好吧，让你2%，5.4美元。"

杰弗森说："不行，4.8美元，多一分钱也不行。"

我心里有了数，我又拿起计算器假装算了很久，坚定地说："5.1美元，再低不能做了。"说着我靠向椅背，斜着身子，装出不想谈了的样子。

杰弗森又拿起计算器，真的算了很久，放下计算器说："5美元，如果不行，我找别人做了。"

我直起身子，心中窃喜，5美元已经达到我的心理价，争取多拿0.1美元，十万件就是一万美元。我看了一下手表，表示5.1美元可不可以再降，要和上海生产经理商量，中国时间现在是晚上十二点，我故意拨通电话，和上海的经理谈了一点别的事情，反正讲中国话杰弗森也听不懂。通完电话我说上海认为5.1美元不能做，要5.2美元，算了，我已经开口5.1了，不能反悔了。

杰弗森尴尬地笑了笑，沉吟了会说："好吧，确认价钱了。"说完，杰弗森和我握了一下手说谢谢，我也说谢谢，这是每次成交后的礼貌动作。

杰弗森送我往电梯口走，我突然觉得浑身不自在，杰弗森脸上尴尬的笑会不会是迫于某种压力？或者说在我和中国通电话时让杰弗森联想到16K的事情？

我回过身来，对杰弗森说："算了，价钱就按照你的5美元成交吧。"杰弗森似有不信，眼睛一亮说："真的？"我说："真的！这次我让你。"杰弗森激动地又和我握手，连声说谢谢。我进电梯说了句："你欠我一个人情哦。"双方大笑，因为这句话我也是跟犹太人学的。

虽然，我发觉这场风波对我生意影响不大，但是对我的心理是有影响的，至少我觉得我和亚当、艾琳娜是没办法一起工作了。

我和亚当谈话："感谢你之前的工作，但是，你下个星期不用来上班了。"

亚当愣了几秒钟说："是我工作不好吗？"

我说："不是你工作不好，你说过要离开公司，我不想被人威胁。"

亚当咧着嘴说："我希望你再考虑一下。"

我说："这是我最后的决定。"

我又找艾琳娜谈让她明天就离开公司，艾琳娜没有说什么。就这样，亚当和艾琳娜离开了公司，我不需要做任何补偿，他们可以马上找到新的工作，一时找不到工作，政府会发失业金，我也可以马上找到新的员工。

我最后一次见祥哥是在我的香港公司内。

祥哥依然是黑西装外披黑风衣，就我们两个人。祥哥说："你加入我哋16K啩，你做生意够胆！"我说："唔嗮啦，我做的系正当生意。"不料祥哥有点愠怒："我哋也系做正当生意嘅。"我连忙说："我唔系呢个意思。"

祥哥说在1993年以前，香港黑社会是靠暴力抢地盘，勒索电影明星，但现在都是收购合法企业，做正当生意了。他列举了他旗下有建筑、饮食、娱乐等行业公司。我知道自己失言，因为在我的意识里黑社会就是不正当的，然而，这种意识开始改变，我对社会形态有了更深刻的认识。

祥哥对我仍抱有希望，他说："你以后做生意再收唔到钱点算?"我笑道:"唔会啦,做生意应乖购买信用保险,只要俾 0.6%保险费,收唔到钱,保险公司俾钱。"

祥哥在我肩膀上拍了一下,亲切地说:"好啦,记得以后有事揾我啦。"我双手抱拳道:"相忘于江湖吧!"

我看着祥哥离开的背影,眼睛有点湿润,不过我以后真的没有找过祥哥,哪怕是 2000 年那次遭遇澳门黑社会冲击我的香港金丰公司的时刻。

2018 年 3 月 1 日

商之道

一

如果事先知道做生意需要这样钩心斗角、尔虞我诈，我未必敢下海经商。一旦下了海就身不由己，回不了岸。要么成功苦海无边，要么失败万劫不复。

我和张国光的生意竞争就不是钩心斗角这么简单，而是注定我们俩的公司一生一死的结局。

我和张国光的相遇是在1998年，改革开放后的中国走到了一个关键节点，在亚洲金融危机的打击下，刚回归的香港楼市下跌50%，中国经济危机四伏，国企倒闭、工人下岗。民营企业就是在这个时候壮大起来，中国制造开始走向世界。

我的金丰公司经历了十年的发展，已经初具规模。我接到美国服装生意的订单原本都是交给国营服装厂生产的，其中童装衬衫是交给上海衬衫厂生产。张国光的上海富达服装厂原先只是上海衬衫厂下面的一个分厂，虽然合作多年，我与张国光却从未谋面。

上海衬衫厂和所有国营服装厂一样倒闭了，原因除了体制僵化外，便是负债过重，工厂承担的工人劳保、分房等社会功能成为压垮骆驼的一捆稻草。上海衬衫厂的周厂长和我是多年的朋友，他把张国光介绍给我，让我以后的订单直接放在上海富达服装厂生产。

我决定去张国光的工厂看一看，况且他们的工厂正在做我发给上海衬衫厂的服装订单。

上海富达服装厂位于七莘路，厂门口挂着两块牌子：上海富达服装厂和上海富达实业有限公司。张国光在厂门口迎接我，我的车刚停稳，张国光就帮我拉开车门，我下车和他握手问好。

张国光，三十多岁，身高一米八，身披米黄色的风衣，领子竖着，穿格子布直筒裤，一头看似蓬松凌乱的头发却是精心的定位烫。我吃了一惊，这分明是时装模特，和我见惯了的穿中山装的国营服装厂厂长或者穿涤纶西装的乡镇服装厂厂长完全不同。

张国光带领我参观工厂，这个占地五十亩的厂区并排建造了六栋军营式的厂房，每栋三千平方米。工厂有两千多个工人，穿着统一的工作服，管理井井有条。我走进车间仔细查看了为我们公司订单加工的服装，质量也是一流的，我需要和这样的工厂合作。

张国光又带领我参观了五层的综合楼，第一层是服装样品展示厅和会议室；第二层是管理人员的办公室；第三层是张国光的办公室和小会议室；第四层是客房部；张国光把我带到第五层——他的佛堂。

佛堂占据了整层的五百平方米,坐北朝南供养着三尊坐佛像,中间是释迦牟尼佛,两边是阿弥陀佛和药师佛。五楼的层高足有七米,是两层的楼高,巨大的佛像堪比大雄宝殿。我又吃了一惊,这栋大楼分明是为佛像定制的。

佛堂内供桌、拜垫、经书、花器、香炉、烛台、无尽灯、净水杯、供果盘,一应俱全。张国光自顾上前拈了一炷香,在烛火上点着,插进香炉,虔诚地三拜三跪,口中念念有词。

张国光见我没有拜佛也并不勉强,我们走出佛堂,下楼时,我说:"你信佛的代价花得太大了吧?"张国光用佛语说:"家有佛堂,如佛菩萨常随我左右,给予加被和依怙。"我说:"拜佛去寺庙不也一样吗?"张国光说:"不一样,我每天早上奉茶、上香,逢初一、十五供花果。"我说:"你这不成出家人了,还怎么做生意?"张国光停下脚步,认真地说:"你不知道,佛一直保佑我的,1982年,我去广东进电子产品,出车祸,出租车上四个人就我一个人活着,其他人都死了。这十几年,我做生意遇到难关无数,每次都逢凶化吉,很灵验的。"

我虽不信佛,却知道佛的真谛是追求往生,不留恋当世。如果拜佛只为求财、求官、求平安、求避祸,我并不认同,我便闭口不言了。

我们走进三楼张国光的办公室,办公室有一百多平方米,张国光的办公桌有我办公桌四张那么大,老板椅如同皇帝的龙椅。

我们在办公桌侧面的一组沙发上坐下。张国光点上一支万宝路香烟，优雅地吸了一口，便开始介绍他的发家史：他没有读过大学，二十岁开始做生意，去广东贩卖电子表、收录机，赚得第一桶金，便在上海开电器商店，卖电视机、组合音响、洗衣机……1994年，在电视机大跌价前，他把货品全部出清，用赚到的钱收购了上海衬衫厂与莘庄乡政府合资兴办的莘庄衬衫厂，当时上海衬衫厂三百多人，莘庄衬衫厂两百多人。张国光把莘庄衬衫厂改名为上海富达服装厂，四年时间，发展到现在两千多人，还在江苏办了炎城富达服装厂，也是两千多人。张国光注册了"富达"牌衬衫的商标，准备内外销并举。张国光还成立了上海富达实业有限公司，投资兴建了炎城市太阳能光伏板生产厂。

透过烟雾，我看着张国光，感到眼花缭乱，渐渐地把身体陷进沙发里。

张国光吸烟只是吸到一半，便把烟按灭在烟灰缸里，吸烟只是风度。张国光继续说，上海富达服装厂在1997年工业产值五个亿，跻身"上海500强企业"。他起身去办公桌上拿了一张报纸，整版刊登500强名单，上海富达服装厂排在第465位。张国光还说，等他的太阳能企业投产后，他要做到全国500强。

我终于坐不住了，向张国光要了一支烟叼在嘴里，伸手要打火机，张国光"啪"地打着了递过来。

张国光按下茶几上的召唤铃，女秘书林晓月袅袅走了进来，帮我们倒水泡茶。林晓月，娇小脸型，眉清目秀，齿白唇红。一袭干练的短发掖在耳后,弹力白府绸衬衣里隐现蕾丝勾边的粉红色胸罩。她撅起屁股在倒茶,藏青色的包臀裙内突出的内裤边勾勒出倒置的等腰三角形,裤底嵌进股沟,分开两个半圆的肥臀。男人都有透视功能,透过外衣看到内衣,进而看到提示的肉形,最终想到性。而女人的性感就是让你感到性却欲盖弥彰,欲拒还迎。

我被林晓月的美貌惊到,这办公室里充满着肉香还怎么工作?

张国光还在喋喋不休地介绍他的企业,末了问了一句:"你看怎么样?"

"啊?你说什么?"我回过神来,显然,我没有听到之前的话,张国光又重复了刚才的话:"我想,我们两家公司全面合作,你们把所有的订单都放在我们厂做,你看怎么样?"

张国光的厂越大,越需要足够多的订单支撑。以前他做的订单都是三手单,甚至四手单,现在上海衬衫厂倒闭了,他找到我们公司,就能满足他的需求。

我们合作的工厂有几十家,分梭织、针织、童装、男女装,春夏秋冬服装,并不是一家富达服装厂可以解决的,再说从战略上,我们也不可能依靠一家工厂。

我把目光投向远处,装着慎重考虑的样子,掩饰刚才的窘迫。片刻,我才说:"你们厂不错,对我们很重要,我回公司商量一下。"说完,我用眼角的余光瞥了一下林晓月,她站在那里,也在听我的回答。

从富达服装厂回到公司，我马上召开公司领导层会议。总经理文凯，四十岁，上海外贸学院毕业，主管对外联络，掌控公司十几个美国客户和公司十几个外销员。副总经理苏浩然，四十五岁，服装技师，主管公司生产、技术、质量。副总经理洪家豪，五十二岁，教师出身，主管服装配额、财务、人事。此三人在公司工作已经有十年，堪称完美的三驾马车。

我谈了对富达服装厂的看法，服装生意也和开饭店一样，店大欺客，客大欺店，富达服装厂这个店太大了，我们掌控不了。

苏浩然因为生产管理的需要，经常去富达服装厂，和张国光接触很多。他不以为然地说："我认为这种担心没有必要，张国光人很不错，人家很诚心和我们合作。再说，富达服装厂一家厂顶人家十家厂，我们不能留小弃大吧？"

洪家豪不懂服装，但阅历丰富，他反驳苏浩然道："你眼睛里看出去都是好人，张国光不能不防，我们应该停止和他合作，公司生意安全第一。"

文凯提出用契约来约束对方："我们和富达服装厂可以签协议，规定不和我们的客户直接联系。我们也可以约束客户不和我们工厂联系。"

洪家豪同样反驳道："这种契约不具备法律效力，自欺欺人。"

最后，我决定在富达服装厂生产的订单结束后，马上停止合作。

二

但是，我做出的决定为时已晚，后果不久就发生了。

我们纽约金丰公司成立有十年了，主要工作就是在美国开拓市场，发展客户。要能够找到信誉好、实力强，并且产品对路、价钱合适，还要能接受中国制造的客户并不容易。找一百家客户中，能有合作意向的不会超过十家。而经过磨合，能够长期合作的最多一至两家。

MB公司就是一家新发展的客户，经过两年多的合作，生意额已经做到一千多万美元。MB公司的老板汤姆专程飞到上海，和我们当面洽谈下季的订单。

参加洽谈的除了我，还有总经理文凯、副总经理苏浩然、外销员陈丽。汤姆表示他第一次来中国，对和我们的合作很满意，他在中国也只认识我们一家公司，谈完就回美国。

他这次和我们谈的项目是一百二十万条十盎司牛仔童装背带裤，这种背带裤在这一两年突然流行起来，销量大增。经过一天时间的来回拉锯战，双方最终确定价钱为六美元一条。

按照原定计划，第二天，他将去参观我们上海南汇的工厂。我们的工厂规模只有两百多人，主要承担着公司设计、打样、制版、排版等技术上的功能。

然而，第二天早上，就发生了变故，汤姆到公司后拿出一张名片，让我们用车送他到这个地址去，这张名片上写着"上海富达服装厂张国光",我惊呆了,但还是派车送他去,不然,他也会叫出租车。

按照原定计划,第三天汤姆应该返回美国,他改变了计划,到我们公司要求和我继续谈生意。

汤姆开门见山地说,一百二十万条背带裤已经和我们谈好价钱六美元一条,但是,他找到上海富达服装厂,可以拿到5.65美元的价钱。如果我同意将价钱降到5.65美元,他仍旧可以把一百二十万条给我们;如果我们坚持六美元,他就只能给我们八十万条,其余四十万条给上海富达服装厂。

我问他,你对上海富达服装厂了解吗?你第一次见面就敢下大订单,这不符合你们犹太人谨慎的作风。汤姆说,我在工厂看到他们生产美国H童装公司的背带裤,做得很好,我当然放心了。

这更令我吃惊了,美国H童装公司是我的老客户,已经做了十年,从去年开始,双方价格就谈不拢了,我只能放弃。现在,富达服装厂在做H童装公司的订单,究竟是我和H童装公司价钱谈不拢在先,使得H童装公司找富达服装厂下单,还是富达服装厂找H童装公司在先,使我价钱谈不拢,就像现在MB公司的情况一样?

我心里快速地盘算利弊。如果我接受减价,每一条少赚0.35美元,一百二十万条就是四十二万美元。如果我不减价,失去四十万条,就少赚四十八万美元。

但是，我赌富达服装厂一下子接四十万条会出问题，贸易和生产是不同的领域，虽然是相通的。我们以前给富达服装厂做的只是加工，他们吃的是现成饭。现在，他们要自己采购面辅料，会面临资金、配额、技术、单证、船运等新问题，只要有一个环节出问题，货就出不去。

我决定坚持原价。当我把这个决定告诉汤姆时，我把目光从汤姆的脸上移开，一个人脸部表情是可以控制的，但眼睛是藏不住秘密的，我不想让他看到我内心的纠缠。

汤姆吃了一惊，偏过头去，耸起肩膀两手一摊，咧嘴说："很遗憾。"片刻，又重新看着我说："如果你改变主意，可以找我。"

我推测，汤姆押上一个四十万条的大筹码，是想逼我让步，如果我接受减价，他还是会给富达服装厂落个两万条的小试单，这样汤姆既拿到好价钱，又培养了我的竞争对手，以后，在我们双方之间来回压价。没想到，我断然拒绝，连个折中的方案也不提供，无疑加重了他给富达服装厂试单的风险，从他的表情中可以看出他的无奈。

当天晚上，公司会议室灯光通宵未灭，我和总经理商量了一个晚上，说是商量，其实，大部分时间是在沉默中煎熬。

究竟是谁出卖了公司的机密？

文凯说："公司四个业务部，相互之间是隔离的，MB 业务在一部做，这个人肯定在一部。其他部门如单证部、财务部、人事部都不知道有客户来公司。"

苏浩然说:"我排了一下,和 MB 公司、富达服装厂都有联系,又懂英文的只有两个人,一个是外销员陈丽,另一个是一部宋经理。"

洪家豪说:"宋经理在公司做了十年了,不太可能,只能是陈丽。"

我支着额头,头疼欲裂,说:"陈丽为什么要背叛公司?我找不出理由。"

文凯补充说:"我想起来了,上个月陈丽找过我,说 MB 公司业务量太大,要加工资,当时我就回绝了她,她很不满意。"

苏浩然接下去说:"我也听到她对公司有不满情绪,说上班远,公司没有贴足交通费。她这样一闹,很多人都提出交通费补贴,还有饭贴。"

洪家豪说:"那肯定是陈丽,对公司不满,想带着客户跳槽,没错!"

我没有表态,洪家豪等不及了,激动地说:"当断不断,必受其乱,明天就炒掉她。"我犹豫再三,还是同意炒掉陈丽,因为除了她,没有更可疑的人。

次早,陈丽一到公司,文凯和洪家豪就向她宣布了公司的决定,当场监督她收拾个人物品,离开公司。陈丽边走边哭说:"我犯了什么错误,你们突然炒掉我?"洪家豪说:"你自己心里有数。"陈丽说:"有数什么?你们是法西斯。"

炒掉了陈丽,公司上下人人自危。才过了一个星期,又有一家美国客户 TY 要到中国来。TY 是三部的客户，做女装连衣裙，已经合作一年了，双方都很满意。TY 老板乔伊这次到中国来，只安排两天时间，第一天和我们谈生意，第二天让我们安排他去看看上海的市容市貌。

为谨慎起见，这两天的商务活动，包括机场接送，都是总经理文凯和外销员秦娟一起陪同。

参加洽谈的除了我，还有总经理文凯、副总经理苏浩然、外销员秦娟。洽谈新订单很顺利，结束后，乔伊还说了明天的游览安排，除了外滩、陆家嘴，他还要去参观虹口区的犹太人纪念馆。

可是，第二天早上乔伊到公司后也改变了行程，他说要去看一个上海最大的服装厂：上海富达服装厂，并拿出名片来，让我们派车送他去。

乔伊在富达服装厂参观了两个小时，来电话告诉我们，这个厂不合适做女装连衣裙，要我们带他去犹太人纪念馆。

送走了乔伊，我马上召开总经理会议。我连连拍打着桌子说："这个内奸到底是谁？不是陈丽！"文凯说："这就奇怪了，我和秦娟昨天跟客人寸步不离，没有人接近过乔伊啊。"我马上说："那么，乔伊晚上住的宾馆有谁知道吗？"文凯说："不可能，我早就防备这一点，我和秦娟临时决定送他去浦东香格里拉酒店，当场登记，没有预定，事先没人知道。"

洪家豪说："我们把三部的十个人挨个排查。"

苏浩然说："不用排查，三部做女装，他们的工厂在泰州，可以肯定，三部没有人去过富达服装厂，也不认识张国光。"

长时间的沉默。文凯在焦急地踱步，苏浩然垂头苦思，洪家豪恐怖地瞪着空洞的双眼，我一支接一支地抽烟。

文凯突然停下脚步说："我怀疑一个人，昨天送走客人，我和秦娟回到公司，我看到宋经理在等秦娟，他们一起去吃晚饭，我还对宋经理开玩笑说，当心我告诉你老婆。宋经理说：'我们谈工作好吧，你什么意思呀？'"

我便问："你的意思是一部的宋经理从三部的秦娟这里打听到了乔伊住的宾馆？然后……"

苏浩然说："有可能，上次 MB 公司泄密，他就是嫌疑人。"

洪家豪说："真想不到，知人知面不知心，在公司做了十年的人，也会被人买通。"

我闭起眼睛，靠在椅背上，久久没有表态。

洪家豪忍不住催我："老板，说句话呀……挥泪斩马谡……下星期又有美国客户来，宁可错杀……"

我的思绪被乱麻一样的犹豫缠住，解脱不了。我说了句："炒掉吧！"却又好像不是我说的。

宋经理离开的时候，个人物品一辆轿车装不下，有替换衣服、跑鞋、拖鞋、洗漱用品、吹风机、茶具、营养口服液、迷你音响、书刊杂志，他把公司当成半个家了。公司的同事帮着他装车，宋经理和他们握手告别，宋经理并没有像陈丽那样骂骂咧咧。我在楼上隔着窗户目送着他离开。

宋经理回到家，给我打了一个电话："真没想到，我在公司做了十年，你还怀疑我的忠心。有其他公司挖我去，我没去，张国光请我吃过饭，那是我部里有订单在他的厂里做。不管谁忽悠我，我从来没有动摇过……"宋经理抽泣了几声，继续说："我还会去找工作，我要养老婆孩子，我还要供楼，但是，我不会再做服装，让你知道我不想涉及同业竞争……这些年，你变了，不像以前，我们可以沟通，说说心里话，你现在老板做大了，就没有人性了。"

我一直没有说话，我说什么呢？我炒了他，还要安慰他？在一瞬间，我意识到，这又是一个冤案。

我突然想挽回，说："我还在调查，如果证实不是你泄密，我马上请你回来。"宋经理刹住泣声："算了吧，我饿死也不会回到金丰公司。"我不敢挂电话，一直等宋经理骂够了，挂了电话，我才放下电话。

当天晚上，我没有召开总经理会议。就我一个人在办公室冥思苦想，我把公司一百多人的花名册摊在桌子上，一个一个排查：四个业务部、技术部、质监部、单证部、财务部、人事部、后勤部，每一个人都有理由排除嫌疑。

最后，我不得不把怀疑的对象转向总经理：文凯，掌握所有客户，但他从来不和工厂打交道。洪家豪不懂英文，公司的客户都不认识，也不和工厂打交道。唯有苏浩然既熟悉客户又熟悉工厂，难道是他？对了！他家就住在七莘路上，与富达服装厂相隔不远，张国光会不会去过他家玩，买通了他？再说，我上次参观富达服装厂后，召开会议，表示要和富达服装厂断绝来往，唯独他提出相反意见。还有揭发陈丽、宋经理，他都是提出线索，下结论最快，会不会是转移视线？

我在苏浩然身上找线索，竟然越找越多，越看越像。当我几乎可以肯定这个内奸就是苏浩然的时候，却意外地冷静下来，我难道是"疑邻盗斧"？

找不出内奸，这个危机就解除不了。可以设想公司接下去的日子业务量会下降，而业务量下降，就会入不敷出，我决定公司开始裁员，尽可能降低费用。

我下达命令，各部门强行减员。最后，上海金丰公司减去七人，香港金丰公司减去两人，美国金丰公司减去一人。我算了一下，一年能节约费用二十万美元，而整个公司一年的开销是四百万美元，根本无济于事。洪家豪甚至搞了新规定，办公用纸必须两面用，夏天32度以下不能开空调，出差坐长途汽车……

我经常听到圈外人说，生意不好嘛，就少赚一点，有什么大不了的？这纯粹是外行话！公司规模和生意量是同步上升的，公司发展到现在，每年四百万美元的开销，就需要两千万美元以上的生意额，低于两千万生意额就是亏本。

公司就像一辆载重卡车，以前是一吨卡车，只能装一吨货，费用也就是一吨的费用。后来发展了，两吨、五吨……现在发展到了十吨卡车，你装五吨货就是亏本。你不能为了节约，把个十吨卡车拿掉一个轮子、一个座椅或者方向盘，甚至拿掉一个不起眼的刹车灯、后视镜也不行，要不亏本，只能装足货。

三

令人讨厌的梅雨季节来临了，连续十几天无日头，分不清是黎明还是黄昏，人身上总是湿漉漉的分不清是雨水还是汗水。空气很重，压得人喘不过气来。

公司的状况就如这梅雨天一样让人心烦和无奈，排查内奸非但没有查实，反倒弄得公司人心惶惶，这样下去不行，必须改变思路。我为何不从富达服装厂内部查？也就是说我何不派卧底打进去？也许，富达服装厂正是有卧底在我的公司。

一个大胆的计划在我的心中滋生了。我不相信任何人，决定独自安排这个工作，派谁去呢？这个人必须和金丰公司、富达服装厂都不认识。就算有人选，怎么打进去呢？

一日，苏浩然来找我谈工作后无意中说起，富达服装厂昨天在报纸上刊登招聘启事。说者无意，听者有心，我立即把那张报纸找来。富达服装厂的招聘启事登了半个版面，招聘岗位从副总经理、部门经理、外销员、单证员、业务员、面辅料员，还有车间主任、技术员、制版工、质监员，几乎是全方位的。

我看着招聘启事，突然想起，在几个月前，我们公司也发过招聘启事，招聘外销员、业务员，但最终没有招到合适人员。

我找人事部要来了全部应聘者信息，约有几十份，其中一封信引起了我的兴趣：曹梅，女，二十八岁，未婚，毕业于上海机电学院，老家在南京。从二十二岁参加工作起就频繁跳槽，平均一年一个单位。她英文四级，达不到我们招聘外销员的标准，所以没有录用她。

我联系了她，约她在公司附近的咖啡馆见面。我先在咖啡馆找了一个隐蔽的卡座，由于我见过她的照片，曹梅一进来，我就认出了她，向她招手。

曹梅身高一米六五，中性打扮，穿宽松的盖臀衬衫，牛仔裤，运动鞋，男孩头发，略显英气。粗一看无法确定男女，唯嗓音细柔可辨女性。

我刚把我的身份介绍完，曹梅就警惕地质问："为什么在这里见面？想泡我吗？"本来这种见面就显得奇怪，被她这一呛，我竟心虚起来，忙说："你听我说完，不愿意你就走，你也可以现在就走，当然车费我会给你。"曹梅这才坐稳了，警惕地看着我："好吧，听你讲。"好像是她在招聘我。

服务员把她的咖啡和我的红茶端了上来。我把富达服装厂的招聘启事摊开："我想叫你去应聘他们的外销员或者单证员。"曹梅打断我："你找我就是帮人家公司招聘？"我说："这就是我找你的目的，你进到这家公司要为我做事。"

"做什么事？"

"把你在那里工作中看到的、听到的告诉我。"

"当特务啊？我不做！"曹梅叫了起来。

"不是特务，也不是间谍，只不过是一个内应，"我看曹梅的脸色又要发作，连忙紧着说，"不白做，你在富达服装厂拿一份工资，我再发你一份工资。"

曹梅审视着我，然后用小勺在咖啡杯里搅拌着玩，半晌才说："我要是不会做呢？"

"我又不叫你开保险箱，也不叫你搞窃听，把你看到的、听到的告诉我就行，是人就会做。"

"就这么简单？"

"就这么简单！"

"你发我多少工资？"

"我估计你在富达服装厂工资也就一千元吧？我再给你一千元。"

"不行，太少！"

"两千。"

"不行，要三千。"

"两千五，你不做就算了！"

"好，成交！"曹梅活泼起来，恢复了本性。

我站起来和她握了一下手，解嘲道："我以后和你单线联系，我叫你'草莓'吧，做'特务'总要有个代号吧？"我俩都笑起来。

临走我又告诉她："去应聘不要计较工资待遇，一定要进去，你的简历我帮你重新写。"

我又同样以秘密方式在我们上海南汇的工厂里找了一个生产线上的组长,李楠,女,三十五岁,让她辞职,我帮她编造了简历,去应聘富达服装厂的车间主任。

曹梅成功应聘单证员的岗位,李楠成功应聘生产副厂长的岗位。我成功地安插进富达服装厂两个卧底,当然,她们两人也是相互不认识的。

一个月以后,曹梅和李楠都进入了角色,我的电话也多了起来,她们汇报的大都是些工厂的规章制度、人际关系、工人疾苦甚至绯闻八卦,价值不大。

一日,下班后,我们公司召开的部门经理生产会议还没结束。电话响了,是曹梅打来的,我用手掌捂住手机,低下头,压低声音说:"有急事?"曹梅说:"没什么急事,就是有一些文件想让你看看,不知有没有用。""好,马上见面。"我抬起头,扫了一眼会场说:"你们继续开会,我不参加了。"众人都看着我,我自己都觉得反常,洪家豪还暧昧地朝我眨了下眼睛。

我和曹梅约在共和新路的一个街心花园边上,我开车经过西藏路桥时,看到桥顶横跨的钢梁上挂着"上海工业企业五百强——上海富达服装厂欢迎你!"的巨幅广告牌,这时亮起了照明灯,分外耀眼。我还看到过在五角场大楼外墙三层楼高的品牌广告:"中国名牌——富达牌男装衬衫",画面上模特照片却都是外国型男。张国光和我是不同类型的商人,他要把企业做大做强,我要把企业做实做稳,我真不知道,我俩谁是正途。

天下起了暴雨，我到了约定地点，坐在车内等。雨刷快速地刮去挡风玻璃上的积水，一辆出租车并排停在我车旁，曹梅冒雨弓腰冲进来，坐在副驾驶座。

曹梅身穿背心式针织上衣和短裤，浑身湿透。我把纸巾递过去，曹梅边擦边说："本来坐上公交车了，售票员把我当成男的了，说男士穿背心不能上车，我只能叫出租车了，你要报销的！"我忍不住笑出声来："活该！"

曹梅湿透的衣服贴在身上，像没有穿衣服一样，乳房小而坚挺，像两只茶壶盖。曹梅发觉我在看她，双手猛然抱住胸前，扬起头，两眼一瞪："看什么看？"我移开目光说："谁稀罕看你啊？——也没东西看呀！"曹梅嗔怒道："去你的！"

曹梅从包里拿出用塑夹装好的文件，一点没有湿到。我一页一页在看，大部分都是出运文件和银行文件，从这些文件中，可以看到 MB 公司给了富达服装厂四十万条背带裤的订单，还看到 H 童装公司给富达服装厂十五万条背带裤的订单。

之前，我与李楠通电话，已经知道 H 童装公司的十五万条背带裤已经结束出运了。MB 公司的背带裤第一批有五万条已经到达洛杉矶港口，第二批五万条已经结束，马上就要出运，剩下的三十万条还在车间生产。

最后，我看到一张配额许可证的传真件，收货人是 MB 公司，制造工厂是上海富达服装厂，配额提供单位是 N 省畜产进出口公司，数量是五万条，配额种类是 237。

我说:"为什么是传真件?还没有拿到正本吗?"曹梅说:"拿正本要付钱的呀,必须从境外付美元给N省畜产进出口公司,张国光在用人民币换美元,打算从朋友的香港公司汇美元,到现在还没有解决。畜产进出口公司已经来过电话催钱,是我接的。MB公司也在催张国光说,如果再拖延,就取消货物。"

这是富达服装厂管理上一个致命的漏洞,我就像突然发现猎物一样激灵起来。我当即打电话给副总经理洪家豪:"你在哪里?""我在家吃饭呢。"洪家豪嘴里含着食物,说话含混不清。"马上到公司!"我不容置疑地说。

我挂了电话,曹梅关切地问:"这些文件有用吗?""有用的,你这个代号'草莓'的'特务'做得不错!啊?"我用手掌在她的头顶抚摸了一下。"那你要奖励哦!"曹梅朝我转过身来,似乎不在意我看她透明的前胸。我正色道:"你不能做每一件事都要奖励吧?"曹梅讪笑道:"开玩笑的,你请我吃饭吧?"我回答:"吃饭可以。"曹梅用手指点点我:"你说的,不要忘记哦。"

我神色凝重地说:"你听着,你要接近老板,取得他的信任,我估计张国光派了卧底在我的公司,你要查出来——这,才是你的正事。如果完成这件事,我会奖励你。"

四

洪家豪摘下黑框眼镜,低头看着这张种类237的配额许可证传真件好一会，才抬起头对我说："你哪里弄来的？不会是假的配额许可证吧？"洪家豪解释说："N省是我们配额的根据地，配额主要分布在省服装进出口公司、省针棉织品进出口公司、省丝绸进出口公司这三家公司，凡是我们需要的种类，早已被我们垄断了。另外还有家纺进出口公司、畜产进出口公司、工艺品进出口公司、五金矿产进出口公司……他们有些纺织品配额不是我们需要的，从来没有听说省畜产进出口公司有237配额。"

我说："这张配额传真件肯定是真的，在富达服装厂手里，但是，美元还没有付。你明天飞过去找省畜产进出口公司，把这个237配额抢过来，不惜一切代价！富达服装厂的货已经到了洛杉矶港口，如果你能抢过来，对MB公司和富达服装厂都是致命一击。"

洪家豪打了一通电话，就搞清了事情的原委，省畜产进出口公司的崔总经理是新从省服装进出口公司副总经理的位置上调过去的，为了支持崔总经理，省外经贸委划拨了部分配额给他。

洪家豪对我说："省服装进出口公司的张总经理已经帮我联系了崔总，讲好明天晚上和我一起吃晚饭。"我说："太好了！这么快就接上关系了？"洪家豪说："这次事关重大，你和我一起去吧，想要叫畜产进出口公司和富达服装厂毁约是有难度的，你说不惜一切代价，不惜到什么程度，我不好掌握。"

我和洪家豪第一次宴请N省畜产进出口公司是在他们当地最高档的皇庭大酒店的豪华包厢内。

一桌十人，相互介绍、寒暄后分宾主坐下。我和崔总坐位首，我的下座是黄副总，崔总的下座是洪家豪，我的对面是唐科长，其余便是副科长、外销员、财务员、单证员。

服务员将茅台酒给每个人面前的三钱小酒盅倒满后，酒席就开始了。洪家豪举起酒盅开场白："今天能够请到畜产公司的各位领导，非常荣幸，为我们相识干杯！"众人捏起酒盅在圆桌转盘玻璃上频频敲出一阵叮当声。

崔总，男，五十多岁。穿YSL条子衬衫，戴劳力士金银表，礼节而带官腔地回敬："这样，啊！我们对金丰公司的老板和洪总经理远道而来，表示欢迎。"崔总没有拿起酒盅，众人零落地随和："欢迎，欢迎。"

酒席刚开始难免因生疏而冷场，深谙此道的洪家豪轻易地便能打破冷场和僵局，他举起酒盅："崔总！我单独敬你一杯，今后要仰仗你的关照。"说着先饮而尽，然后，放下酒盅时看了一下崔总的酒盅只是咪了一小口，抬起头看着崔总，从齿缝发出一声"啧"，露出惊讶的表情："老兄太不够意思了，干掉，干掉。"

崔总推辞道："我不会喝。"

"你不会喝？我早就打听好了，你知道我和省服装的张总是十年的老朋友了。他说你的白酒一斤打不住。"

崔总略一迟疑说："昨晚喝多了。"

"昨晚早过去了。"洪家豪替崔总拿起没有喝完的酒盅塞了过去。

崔总这才接过酒盅往喉咙里一倒:"好,喝。"

洪家豪又帮崔总倒满酒:"崔总,我在省服装以前怎么没见过你?"

"哦,我以前是省服装外派香港公司的。"

"怪不得!大哥,相见恨晚呢,我就喜欢和你这样的领导打交道,没有架子,像你这样的业务专家,又在外边工作过,以后还要升官,升了不要忘记老弟啊!"

"好,老洪,干!"

酒过三巡,崔总已经完全放开了。洪家豪便把目标转向其他人,洪家豪端着酒盅走到我下座的黄副总经理身边:"黄老总,你是畜产的实力派,从科员升到科长,现在又升到副总经理,年轻有为啊!你太太是省丝绸的刘科长,对吧,我们打过多年交道了,你回去问你太太就知道我们金丰公司了。"

黄副总没有想到洪家豪对他的情况这么了解,慌忙站了起来,双手端着酒盅,刚想喝,突然拉了我一把说:"来,老板一起来。"我正要起身,洪家豪把我按下说:"老板不会喝酒,我们大老板钱是多的,但是,不会享受有什么用?我老洪今日有酒今日醉。"说着,用手在黄副总的胸口上拍拍,声调高八度说:"活着干什么?不就是图高兴吗?你说是不是?"黄副总一口喝下,亮了一下空杯说:"好,我认你这个朋友。"洪家豪快速拿起酒瓶把自己没有喝完的酒盅里加满,端起酒盅对众人说:"来来来,我们大家喝一杯。"

这时，坐在我对面的美女唐科长却没有拿起酒盅，说："你这个老洪，老哄人，你就哄我们头，把我们小老百姓不放眼里。"洪家豪已经打听到，富达服装厂的张国光之所以拿到237配额就是通过在N省的亲戚认识唐科长的，唐科长也知道我们来的目的，此人不好对付！

洪家豪的脸色从僵到笑就一秒钟，看着唐科长说："你欺负我老头子就没意思了，我这个人嘴会说，图个热闹，怎么会忘记你啊？你，畜产进出口公司一枝花，这么漂亮，我不敢多看，怕人家说人老了还这么好色。"说着，恭恭敬敬地拿着酒盅走到唐科长的身边，附耳轻声说："明天中午，我单独请你吃饭。"

众人顿时起哄："你们私下讲什么？有隐情！"唐科长的脸上飞起一片红晕。洪家豪抬起头，一脸苦相，说："老头子有什么呀？赔罪呀，说声对不起啊，罚酒。"洪家豪独自饮了一杯。

这时，上来一盘椒盐大王蛇，洪家豪截住转盘，拿起公筷挑了一块中段的蛇肉，夹到唐科长的碟子上，说："唐科长请用！趁热吃。"唐科长连忙欠了一下身子说："自己来，自己来。"洪家豪干脆代替服务员的工作，按照女先男后的顺序给每个人夹了一个蛇段。

洪家豪回到座位后，服务员呈上每人一碗天九翅。洪家豪端起桌上的红醋碗，帮崔总加了一汤勺。一缕红醋沁入琥珀色的琼浆中，犹如鸡血石般美丽。腥醋中和，生出奇香扑鼻，引得人食欲大开。

洪家豪作势要帮每个人加醋，问："还有谁要？"众人都说："自己来吧。"洪家豪便顺势把醋碗放在转盘上，转向我说："老板先来。"

洪家豪边吃边问崔总："崔总苏杭去过没有？"崔总说没有去过，洪家豪睁大眼睛看着崔总："太不应该了，苏杭是一定要去的——你来，我陪你去。"崔总说："你们生意人忙，怎么能麻烦你呢？"洪家豪说："你来，我全程陪同，朋友比生意重要。"洪家豪说着转向我："老板，你说是不是？"我说："那肯定的。"

酒席上双方只字未提生意的事，虽然他们知道我们就是为了237配额而来。酒席结束时，洪家豪对崔总说："明天，我们到你们公司来谈生意，你看几点？"崔总看了一下黄副总和唐科长说："明天下午三点吧？"黄副总说："明天下午有一家公司约好了。"崔总说："取消，人家金丰公司第一次上门，我们也要有诚意不是吗？"

当天晚上，洪家豪打电话给香港金丰公司的伍经理："你马上帮我去铜锣湾买一条女式项链，明天中午之前送到我手里，我急用。"

次日中午，洪家豪约了唐科长在一家茶餐厅吃饭，把一个首饰盒塞进唐科长的包里，唐科长刚要推托，洪家豪按住唐科长的手拍拍说："香港刚买的，小意思，你不要嫌弃。"唐科长说："洪总，你这么客气干什么？"洪家豪说："你要体谅我，吃老板的饭不容易，完不成任务，你以后就看不到我老洪了，你要在总经理面前多替我美言几句啊!"

下午三点,我和洪家豪来到省畜产进出口公司的会议室,崔总、黄副总以及唐科长一起接待我们。崔总明知故问地说:"金丰公司要237配额,我们有多少?""我们和上海富达服装厂签了五万条合同,可是他们到现在还没有付钱,我不知道催了多少次了,没用。"唐科长添油加醋地说。黄副总顺水推舟说:"那就取消合同,人家金丰公司是大公司,信誉好,让金丰公司用。"唐科长问崔总:"配额价钱就和以前合同一样吧?还是0.5美元一条。"

我大喜过望,刚想开口说,谢谢你们支持!不料洪家豪抢先说:"我们除了支付配额价钱,再给你们创汇,我们把做货的成本折成美元打给你们,你们把人民币付给我们下面的工厂。但是——配额价钱要0.4美元一条。"崔总说:"好啊,你们对我们创汇支持,我们配额价钱让一点也是应该的。"

唐科长装着不肯吃亏的样子说:"那,你们要先付美元,我们后付人民币,我可不愿意担风险。"洪家豪说:"当然咯,今天签合同,我们明天付钱。"

我本准备付大代价把配额抢过来,现在反而便宜很多。黄副总和唐科长去打印合同,会议室只剩我、洪家豪和崔总,便聊起家常。

洪家豪说:"崔总,美国去过吗?我们美国公司邀请你去访问。"崔总答道:"去过,我儿子在美国读大学。"洪家豪说:"哦?什么大学?"崔总说:"纽约州立大学。"洪家豪说:"哇!公子不错啊！不过，学费不便宜吧？"崔总叹气道："谁说不是呢？现在，我们图什么呀？不都是为了孩子嘛。"

我接过话茬："我们公司在纽约，以后……"洪家豪识趣地站了起来，指着门外说："你们谈，我去洗手间。"

黄副总和唐科长打印好合同进来，洪家豪和唐科长签了合同。崔总说："你们查一下，我们还有什么种类的配额？只要金丰公司要，我们先满足他们。"

五

就在我们和N省畜产进出口公司签237配额合同的同时，中国市场上的237配额价格开始狂涨。

237配额是背带裤，本是个冷门的配额，不像347/348是男/女棉长裤、短裤，是必需品。全国每年有额度四千万条，却年年不够用，所以配额价钱一条三美元，最高炒到过六美元，比裤子本身还贵。237配额全国每年有两千万条，却从来没有用完过，往年价钱也就是一条0.5美元，到年底快过期的时候，甚至白送都没人要。没想到，去年开始有点热，今年竟然大流行，这种趋势是悄悄发生的，没人预料得到。

那时候，配额使用在中国没有联网，只有进到美国海关才有准确数据发布出来。当发现美国海关237配额使用额度已经超过70%的时候，再推算在海上航行的船上有15%，这样在中国市场上最多还剩15%额度可用，市场上一下子恐慌了。每个做背带裤的商家都怕没有配额，于是，237配额价钱从0.5美元，一路直线上升，窜到1.9美元。这时候，237配额已经有价无市，一票难求。

洪家豪负责配额，每年年尾，我和洪家豪会根据这一年所做服装种类和数量制定明年的采购基数，就像购买期货一样，宁可配额多了跌价卖出，也不能做完货没有配额。我们每年生产一千万件/条服装，配额绝不是小事。

全国有三十一个省、市、自治区，有配额的国营进出口公司有两百多家，私营企业是没有配额的。洪家豪全年有一半时间穿梭在全国各省、市的进出口公司，同我们合作的省、市进出口公司有六十多家。要想获得我们所需要的配额种类、数量、价位，全凭洪家豪的交际和手段，洪家豪简直就是为配额而生的奇才。

张国光想把我们花了巨人代价找来的美国客户抢过去，通吃贸易和生产的利润，他就会面临许多生疏的领域，其中配额就是一项。

张国光可称是个有头脑、有魄力的人。他敢于一下子接下H童装公司十五万条背带裤和MB公司四十万条背带裤这个大数量，就是考虑到237这个配额不紧张，他可以搞到。

而且，他分析了最近三年237配额的走势和行情，每年两千万条额度从来没有用完过，于是他想在237配额价位最低点买进。就像一个初入股市的新手，总相信自己的聪明才智是与众不同的,以为看一下走势图就掌握了股票的规律。

他做的 H 童装公司的十五万条背带裤和 MB 公司第一批五万条背带裤已经完工,准备出运了,才决定买配额。这个时候,237 配额已经很难找了,都在数不清的做货的公司手里了。

他没想到的还有,付钱买配额是一定要在境外付美元的,他在境外没有公司,只能通过地下通道换美元,找朋友的境外公司帮忙,这样,又耽误了时间。他买了四万条 237 的第一张配额许可证寄给了 H 童装公司,还缺十一万。他在 N 省畜产进出口公司签了五万条 237 配额的合同,付钱一耽误,让我给截了。

这个时候,237 配额的价钱已经涨到 1.1 美元。如果他忍痛果断出手止损,虽然这批背带裤白做,甚至亏损,但是还能顺利出货,收回成本,保住客户。

可偏偏张国光已经是成功人士,他不服输,他屡次查阅了去年配额走势图,许多热门配额价钱是人为炒作,非理性涨价,往往过了一段时间,突然掉头向下,跌破原来涨价前的价位。于是张国光断定这种涨价是假象,他决定再等等。

然而,H 童装公司十五万条货和 MB 公司第一批五万条货到了美国港口是不能等的,超过一个星期不能清关,就从港口拖到付费仓库。更严重的是 H 童装公司和 MB 公司拿不到货,错过商场的上架时间,就会取消货物,这对 H 童装公司和 MB 公司不光是经济损失,还会被商场踢出供应商名单,从此失去生意。

H 童装公司和 MB 公司对张国光的态度从催促和谴责,进而到威胁和谩骂。张国光这个时候才开始认输，决定不惜代价，再高价钱也只能买。可是，这时候，237配额价钱已经窜到1.9美元，问题是买不到，不是价钱的问题了。

而且，张国光因不懂业务，又犯了一个致命的错误，H童装公司的十五万条货开了一张船运提单，而配额只有四万条。只有等十五万条配额齐全了，整批货才能提。如果他当初把船运提单分成多份，那么至少四万条客户可以先提走。

张国光以前生意一路上成功是由于他的聪明加上执着，这次失败恰恰就是他的聪明加上执着。做生意并不是靠聪明，而是靠规避风险。

H童装公司和MB公司自己也通过各种关系找237配额，遍寻无着，只能找我们公司了。

由于我们的配额在年初都是签了合同，付了定金，涨价再多，我们还是按照合同原价的。再由于我们早就为MB公司准备了一百二十万条237配额，加上我们还有其他美国客户下背带裤订单，我们有足够的配额。

MB公司的汤姆找我们公司的文凯，第一天汤姆发传真给文凯说："亲爱的文凯，我们需要你们无私的帮助，富达服装厂五万条货到了港口提不了货，急需237配额，我们知道你们公司一定可以帮我们找到237配额。你的朋友汤姆。"

文凯回复："亲爱的汤姆，我们很愿意帮你们，但是，你知不知道现在237的状况？市场上很难找到。不管怎样，你们愿意出什么价位,我们帮你们去找。"

汤姆回复:"很高兴你们愿意帮我们,我们知道237现在疯了,这种价位是不合理的,我们只能出1.2美元。"

文凯回复:"我们已经问遍了所有能找的关系,1.2美元实在找不到。我们和你们一样,也在指责这种炒作行为,我们还在继续努力,直到找到为止。"

汤姆回复:"我们不能等了,你们能搞到什么价钱?我们都要。谢谢你们的努力。"

文凯回复:"现在,我们打听到有一家香港公司愿意出售五万条237配额,价钱是1.9美元,我可以把他介绍给你,你们自己去交易。"

汤姆回复:"价钱我们接受,但是,我们不相信别人公司,我们怕钱打过去,拿不到配额,现在,骗子太多。我们只相信你们,请转告冯先生,我们不会忘记他无私的帮助。"

其实,文凯说有一家香港公司是不存在的,当然要找一家也不难。问题是现在哪里去找237配额?我们卖给他的237配额,本来就是为他准备的,没想到卖给他比做货更赚钱。

MB公司拿到我们卖给他的237配额,把第一批五万条货提走了,MB公司在应付富达服装厂的货款中扣除了每条1.9美元后,把余额付给富达服装厂,亏本的是富达服装厂,MB公司不会亏本。

H童装公司也找了文凯,向我们买十一万条237配额,反正现在我们之间也没做生意,不需要婉转了,直接报给他两美元,爱要不要。当然,这个钱最终都是在富达服装厂的货款里扣除。

但是,对富达服装厂来说,真正的灾难还没有开始,富达服装厂还有三十万条背带裤还在生产,另有五万条货已经船运在海上。

张国光如果在这个时候亲自来找我,承认错误,寻求我的帮助,或许是他躲过这场灾难的唯一出路。他想到了这一点,但是,他派林晓月来。

六

林晓月走进我的办公室,简直就是张国光向我发射的一颗肉弹。林晓月穿着复古的大摆束腰低胸公主裙,后背像鞋带一样绑紧托起胸前两个雪白的半球,就像卖水果的小贩把橘子剥去一半的橘皮,露出饱满水灵的果瓤,引诱人。女人真是狡猾,如果全剥去,必定显出缺陷,少有完美的。

林晓月在我办公桌前的椅子上坐下,弄得我的眼神无处安放,林晓月却在毫无忌惮地捕捉着我的眼神。

"找我什么事?"我明知故问。

"找你帮忙啊!我们急需237配额,价钱你说。"她红唇轻启,单刀直入。

"我也没有多余的配额,现在哪里去弄?"

"算了吧,你会没有?看在我们以前合作的份上。你这次帮我们,以后我们工厂帮你做货不赚钱。"她像没事人一样,完全不涉及关键问题。

我摇了摇头,觉得没必要谈下去,想着怎样结束这次见面。

林晓月下巴一扬,直视我说:"你说吧!要怎样才肯帮我们?"

"我有一个要求,你能做到吗?"

"只要你说,我都愿意!"她表现出大义凛然的样子,随时准备献身。

我迟疑了一下,终于说:"把你们安插在我公司里的卧底交出来!"

林晓月愣了很久,眼光黯淡下来,低下头嗫嚅道:"哪有什么卧底啊?"

"那就算了!"

"不嘛!"林晓月的身体像拨浪鼓一样摇着,把双乳甩得像揉着的白面团。林晓月停止摇动说:"今天晚上,我请你吃饭。"

"不吃。"

"你这个人真没劲!"林晓月露出哀怨的眼神。

我还是无动于衷,林晓月低下头说:"我回去怎么交代啊?"说着,眼圈红了,抽了几下鼻子,眼看山雨欲来。

我连忙说:"让我考虑一下行吗?你明天打我电话。"

"真的?"林晓月抬起头,眼睛一亮。

"真的。"我面无表情。

林晓月走了以后,我立即通知总机,富达服装厂任何人来电话都说我不在。

MB公司的汤姆又发传真来了,富达服装厂第二批五万条货到了美国港口,也是同样问题,没有237配额,清不了关。他希望我们继续帮助他们,并且要我们准备富达服装厂后面即将出运的三十万条237配额。

我和总经理开会商量,文凯拿出计算机在算:"237配额,上次给H童装公司十一万条,MB公司五万条。这次MB公司到港五万条,后面还有三十万条,总数五十一万条,老洪,配额够不够呀?"

洪家豪兴奋地说:"我已经算过了,我们自己做货的加上卖给他们的,还缺三万条,我已经和陕西外贸讲好了,可以解决。这次MB公司拉掉我们四十万条背带裤,我们卖配额给他们比自己做货赚钱还多。"

我说出来一个谁也没有想到的计划:"如果我们把三十五万条237配额卖给MB,虽然我们赚了额外的钱,也救了富达服装厂。每一条牛仔背带裤的人民币成本是34.5元,三十五万条就是一千二百万元,如果我们帮他们解决配额,富达服装厂虽然亏本,却还可以收回90%的成本,不伤筋骨。我要让富达服装厂三十五万条砸在手里。"

我对文凯说:"你通知汤姆,三十五万条237配额我们不卖,让他重新下订单,我们马上做货给他。我们手里在做的八十万条背带裤可以先顶上去交货，本来货就是分批交的。虽然，我们做货比卖配额赚钱少，但是，可以消灭富达服装厂。"

苏浩然说："我马上去调节交货计划，八十万条正好结束，三十五万条接着生产，不影响交期。"

MB公司欣然接受我们的方案，他根本不会管富达服装厂死活的。

中秋节前一天，曹梅说有重要情况汇报，我们到第一次见面的酒吧，在昏暗的卡座内，面对面坐着。曹梅看了一下左右，压低声音说："我可能找到这个卧底了。""真的假的？"我一惊。曹梅说："有一天，我和财务小杨聊天，我说老板和林晓月关系不一般，老板娘怎么不吃醋？小杨说：'怎么不吃醋，经常吵架。不过，老板对老板娘一家可好了！上个月，老板还给小舅子买了一套房子，我从财务划的款，五十多万呢。'我就问，小舅子在哪里上班？你猜小杨说什么？"曹梅说到关键地方，卖了个关子，停了好几秒钟，一字一顿地说："金——丰——公——司，小杨说完就后悔了，叫我不能说出去。"

"小舅子叫什么名字？"我觉得可信，急忙问。

"不知道。"

"你们老板娘姓什么？"

"姓董，董存瑞的董。"

我当即打电话给洪家豪，马上到公司见面。曹梅见我要走，突然说："我想开个花店，你投资，我帮你管，保证你赚钱，我们对半分成。"我不悦地说:"我没兴趣,不想搞。"曹梅站起来,坐到我身边,头侧过来看着我:"那你借钱给我吧,一年还给你。"我回答:"你不应该开口借钱吧?"曹梅用肩膀撞了我一下说:"这么大老板,这么小气!"我看了她一眼,有点厌恶,说:"如果情报准确,我们再谈。"

曹梅的情报是准确的,公司只有一个姓董的,叫董永明,富达服装厂老板娘叫董永兰。董永明,三十二岁,大学毕业,英文四级。在两年前,由上海衬衫厂周厂长介绍到我公司当驾驶员,公司一共七个驾驶员,只有他懂英文,所以,接送美国客户的任务常常交给他。当初排查内奸时,怎么也不会排查到驾驶员啊!

洪家豪已经通知董永明即刻离开公司,我还是把他叫到我的办公室,亲自问一下。

董永明站在我面前,很阳光的小伙子,一点也不怵。我说:"坐吧。"董永明大方地坐下,我长叹了一口气:"咳,什么也不说了。我只想求证一件事,TY公司的乔伊来这次,文总和秦娟送乔伊去宾馆,寸步不离,你没有机会和乔伊说话,怎么联系的?"董永明说:"这很简单,知道他的名字,又知道他住在香格里拉酒店,我就通知张国光,他就派人去香格里拉酒店,很容易查询的。"我点点头:"是啊!不怕人偷,就怕人惦记。——好吧,你走吧。"董永明走到门口,回身说了句:"对不起哦!"

当天晚上,我一个人在办公室里抽烟,本想把胸中积压已久的郁闷随着烟圈一起吐出去,却反把自己锁在这烟雾弥漫中。清除了卧底，我本该高兴，却难过得想哭。我回忆当初炒掉陈丽、宋经理，以及甚至怀疑副总经理苏浩然——曾经，所有的表象都能印证我的判断，所有的疑点越看越像。

这世事总在迷雾中，真相永远是看不到的；看到的都不是真相！

富达服装厂的情况迅速恶化。

一千二百万的资金变成了存货，背带裤这种款式在中国是卖不掉的，开始是工人工资发不出，接着，面辅料厂和协作工厂的货款付不出，人家讨债上门。后续的订单，没有钱去买面辅料，造成停产。

如果上海富达服装厂光是缺了这一千二百万元，工厂也不至于倒闭，毕竟他们是上海500强企业。

事情竟然严重到惊动上海市政府和江苏省政府，成为全国性的事件。

一天早上，曹梅和李楠都打电话给我说，炎城市公安局来了四辆警车，把张国光、老板娘、财务经理等五个人戴上手铐捉走了。

我打听到的情况是，炎城市富达服装厂由于拖欠工人工资，两千个工人闹到市政府，张国光投资的炎城太阳能企业由于市场遇冷而搁浅。这两个巨大的项目投资三亿多，资金来源都是银行贷款。张国光的罪名是涉嫌骗贷和挪用资金。

我派去的卧底曹梅和李楠都失业了，李楠又回到了我们自己的工厂，升车间主任。曹梅要和我见面，这回不用去酒吧了，我让她直接来我办公室。

曹梅进我办公室东张西望了半天,说:"还是在酒吧见面自在。"她在我办公桌前的椅子上坐下,顿时拘束起来,小心地说:"你能让我到你们公司上班吗?"

"不行!"

"你过河拆桥呀?"

"我当初找你就是去富达服装厂,没谈别的,你已经得到了你应得的报酬,我付清了,没有亏你。"

"你不怕我把你让我当卧底的事说出去?"

"不怕,现在可以公开。"

"和你开玩笑的,我认你做大哥吧?"我这才发现,她头发留长了,胸部垫高了,嘴唇涂红了。

"我和你爸差不多大了。"

"那,你做我干爸?"

我没理她,从抽屉里拿出一沓钱,推过去:"你不是想开花店吗?"

曹梅眼圈红了,低下头,拿纸巾碰了碰眼角,说:"真想一直为你做卧底!"

曹梅走了以后,我陷入了长久的反思,我派卧底是不是值得?是不是道德?我把富达服装厂所发生的一切事情,从后向前看。点爆富达服装厂雷的导火索是一千二百万货款收不回,一千二百万元收不回是因为找不到三十五万条237配额,这是张国光自己对配额的决策造成的。我只不过拦截了他的五万条237配额,还是用在他的货上。我卖给H童装公司的十一万条237配额倒是帮了他,让他收回十五万条货款,如果不是我卖出这些配额,张国光今天的损失就是两千万元。

换句话说,如果我不派卧底,张国光的损失更大。当然,也就不能清除张国光派的卧底董永明,但是,富达服装厂倒闭了,董永明的存在就是一个死子。

再假设,我善性大发!张国光缺三十五万条配额,我帮他解决,他不损失这个一千二百万元,他最后还会死于炎城市两个三亿项目的投资。

这么看,我所做的这一切是多余的。钩心斗角的结果是损己不损人或者害人不利己。

七

我回到纽约公司上班,公司销售员犹太人肯特告诉我,天赐良机,美国一家Sports的商场找我们,他们商场的沙滩裤产品,每条零售价是八美元,他们以四美元下订单给MB公司,MB公司以三美元下订单给我们公司。Sports商场希望跳过MB公司,以3.75美元直接下订单给我们,我当即同意了。我在纽约开公司,随着公司发展,我肯定会打进更多的商场。

好事不会轻易成功的。才过了几天,MB公司的汤姆把我叫去，我一到他们公司，他们家族众多人围着我，汤姆说，Sports商场是他们的客户，我们不能抢他们的生意，他要求我主动退出Sports商场，并且把销售员肯特炒掉。

我说Sports商场很大，为什么不可以你我同时和Sports做生意呢？汤姆说在价格上他们比不过我们，他们最终会被挤掉，这样不公平。

汤姆的哥哥说如果我退出Sports商场，他们MB公司的订单随我挑，MB公司除了Sports商场生意，还有十几家商场生意。我是不相信随我挑这种话的，每次双方谈生意都是分毫必争，价钱谈不拢他凭什么给我？

Sports商场如果直接给我订单，虽然利润可观，但是沙滩裤单一品种生意额只有一百万美元，而我们和MB公司的生意额已经做到一千多万美元，当然，几年以后，也许我可以和Sports商场做到一千万美元生意额，但是，眼前，我肯定吃亏，于是，我决定让步。

最后，经过一天的讨论，约定凡是MB公司有生意的商场，我们一律不进去，肯特我不会炒掉。汤姆对富达服装厂的事情向我道歉，也向我保证，不和我合作的工厂发生关系。

出了MB公司，我想到了张国光，当初，他想抢我的生意，我今天想抢MB公司的生意，这有什么不同吗？性质是一样的，我和张国光的处理是不一样的。

我的终极目标就是进商场，对我来说，这是一个新的领域，也是一个新的台阶。MB 公司已经有七十年历史,通过三代人的努力,要达到 MB 公司的水准,谈何容易?我的公司才十年历史,我要建立纽约公司的销售队伍、设计团队、物流仓库、配送服务,最主要的是要有自己的品牌和推广。这些是我未来十年、二十年要做的事情,我不会像张国光这样轻易越界。

1998 年开始大发展的民营企业,没有几年也遇到了瓶颈,在国家政策的干预下和房地产挤压下,纷纷倒闭。我以后也没有遇到过像张国光这样强劲的竞争者,渐渐地我也就把张国光忘记了。

2004 年冬天,一个周末的中午,我在纽约的家中接到一个久未联系的侨领王先生的电话:"你好啊!想你啦,出来吃个饭吧?"在美国没有人会不预约就请人吃饭的,我疑惑地问:"有急事吗?"王先生笑了笑说:"我认识一个朋友,他说在上海做服装的人中,你排第一,他排第二。"我觉得无聊甚至恼火地说:"谁这么狂妄?我在上海不要说排第一,前一百名也不知道排不排得进。"王先生说:"不说这个事了,我就是请你吃个饭,这么难吗?"我正好没事,便开车前往中国城。

丰收大酒店是中国城最大的中餐馆。中午饮茶,座无虚席,人声鼎沸。我找到了王先生的桌子,和王先生同时站起来迎接我的还有两个人,我辨认了许久才认出是张国光和林晓月。我毕竟只见过张国光一次,见过林晓月两次,况且是几年前。我正迟疑间,张国光伸出手,我们握手都没敢用力,双方好像都知道弄疼过对方。林晓月也伸过手来,我们只是四根手指碰了一下,双方好像都知道以前就没能握手言和。我们问好后便坐下。

"上海排第一"这句话从张国光嘴里说出来，倒不算狂妄，毕竟他的厂排进过上海500强企业。他把我排在他前边是高看了我或者是他败在过我手里。时过境迁，早已没了恩怨，我们四人便放开聊了起来。

聊天中，我得知张国光当初贷款时，资料不实是和银行共谋的，骗贷罪名可加可不加。再说后来炎城服装厂和太阳能企业都被一家上市公司买走了，还清了贷款，张国光在没有判决的情况下关了三年后释放了。

张国光和老婆离了婚，为老婆儿子留下了最后一点房产，他打算到美国重新开始。

张国光穿着浅蓝色羽绒衫，林晓月穿着黑色漆皮羽绒衫，都是色彩流行的普通服装。张国光已经退去了模特般的光环，剪了个寸头。林晓月留了个大妈式中发，我在林晓月的脸上、身上寻找了很久，竟找不到以前的漂亮，完全就是一个在人堆里不起眼的普通女人，是女人不经岁月还是我当初看走眼？

也许，在美国这个社会里，人都会回归本色。老板朴素了，女人不妖了，当官的没样了。就像在这个饭店里吃饭，亿万富豪和装修工人都在这里吃饭，你是没法辨认他们的身份和身价的，每个人都有能力有自信地生活着。

张国光说，他在做一些小生意，把美国塑料粒子发往中国去，每个集装箱能赚一百多美元，每个月有几十个集装箱。他还在考察一些农产品出口。张国光问我:"你还在做服装?"我说:"是的,做不了别的。"张国光说:"我是不打算做服装了,在美国做出口也不错,轻松。"

张国光要了我的电话,说有空吃吃饭,我说,好的。饭局结束时,我和张国光抢着埋单,王先生说,我已经买了。林晓月将剩菜打包,还把一碗米饭带上,说:"晚上做扬州炒饭。"还举了一下手中的塑料袋说:"菜都买好啦,这里鱼头真便宜,四斤大的鱼头才一美元,回去烧鱼头粉皮汤。"

我突然明白,成功只是一种生活方式,失败是换一种生活方式,对于人生而言是没有优劣的。做生意并不使人痛苦,使人痛苦的只是钩心斗角的恶念!

商之道,善之道也。

2018年10月1日

发小

一

人世间，唯发小情最珍贵。然当我想延续这段情的时候，却又亲手埋葬了它，早知如此，我宁可永远尘封这段感情。

我的童年是在北苏州路243弄10支弄的一栋石库门房子里度过的。出了弄堂便是苏州河，一到夏天，弄堂里的男孩都会跳进苏州河玩水，不会游泳的只能在河边的泥浆中扑腾，刚学游泳的至多在踩得到底的水中游狗刨式，只有会蛙泳的或者自由泳的才能游到四十米宽的河对岸。

我便是会游泳的人。那一年，我在山西北路小学读六年级，我们班上有五个会游泳的男孩就结成了一个小圈子。我们看不起那些在泥浆中扑腾的和游狗刨式的人，我们仰慕那些敢于从十米高的河南路桥栏上跃入苏州河，甚至敢在黄浦江游泳的高手。

我们班的黑皮就是这样的高手，是他把我们带进黄浦江的。黄浦江的浦西沿岸虽然很长，可是，能够下水的地方并不多。从外白渡桥到天文台码头是外滩，堤高水浅，没法跳水。只有从新开河码头到东门路十六铺码头这一段是可以下水的,再往下到董家渡、南码头都是封闭的,不是仓库就是船厂。

可以下水的江边停满了木船、水泥船,我们往往要接连跳过并排的七八艘船才能下水,常常会被船家喝止,所以,最佳的下水处就只有垃圾码头,码头离水面一米,水深两米。

从垃圾码头游入湍急的黄浦江,其实是很危险的,每年都有人淹死在黄浦江中。我们游黄浦江,家中的大人是不知道的,知道了也管不了。

那时,国家在经历了肃反运动、"三反""五反"、公私合营、反右斗争后,又遭遇了三年自然灾害,每个家庭都发生了变故。

黑皮的父亲在解放前是国民党军官,在肃反运动中被判了无期徒刑,送去了大西北的监狱服刑。他们家中有八个孩子,黑皮排行第六。黑皮的母亲在街道生产组工作,每月工资十八元,大哥和大姐刚进工厂当学徒工,每人每月交给母亲五元钱,不能再吃家中的饭。母亲要养活六个孩子还是没有能力的,至多只能管年幼的七弟八妹,母亲每天只烧一锅籼米饭,没有菜,谁吃到,谁吃不到,她也不管了。

黑皮就像一条野狗,自己在外找食吃。家中三十多平方米的房间,如同集体宿舍般放了两架双层床,是大哥、大姐、母亲和弟妹睡的床,其他哥姐睡地铺,黑皮就蜷缩在床底下睡。

黑皮的穿衣在夏天还凑合,一条橡筋短裤,一件圆领衫,没有替换的,洗完等干了才能穿。冬天就难挨了,一条带补丁的单裤，一件毛衣，其中一个袖子因抽丝变成了中袖。光脚跂一双没有鞋带的草绿色解放鞋。

我去黑皮家玩，黑皮的母亲身子孱弱瘦小，脸色麻木，眼神无光。我总会叫一声："姆妈，你好！"黑皮的母亲这才抬起眼帘，用力挤出一丝苦笑，应一声："哎。"就像有人硬拉开她的嘴角扮笑，手一松又恢复了原状。

跟黑皮游入黄浦江的，除了我还有拖鼻涕、大头、斜白眼。拖鼻涕和斜白眼后来叫顺溜了就叫鼻涕和白眼。

鼻涕家的条件比黑皮家好一些，父亲原来是开染料厂的老板，公私合营后，厂子被收走了。父亲已年近六十，整天在家喝闷酒。家中十一个孩子，鼻涕排第九，老大、老二和我父母年龄相仿，老三、老四也已结婚离家单过，老五、老六、老七都已上班。家里经济条件尚可，但是，结婚离了家的哥姐常回家管闲事，为已经上班而住家的弟妹贴多少钱给父母的问题发生争吵，家中矛盾不断。鼻涕和黑皮一样，是被家中遗忘的人。

鼻涕老是挂着两条黄龙鼻涕，眼看鼻涕就要越过嘴唇了，他使劲一吸又回去了，然后再慢慢挂下来。他母亲看到了总是一捏他的鼻子，把鼻涕像冰溜子一样甩得老远，然后两个指头在他的身上擦一下。要不鼻涕就用衣袖擦鼻涕，袖口像浆过的油布，人中红肿皴裂。

鼻涕的衣服不愁穿，都是哥哥留下来的，不过穿在他身上犹如长袍，麻烦的是袖子长，总要把袖子颠回去才能伸出手，就像舞台上戏子的水袖。鼻涕有袜子穿，不过这种纱袜总会缩进鞋子，走一段路就要伸手去拉一下袜子。

我也常去鼻涕家玩，我喜欢鼻涕家已经上班的哥哥，他们有时会给我们几块糖吃，教我们辨别蟋蟀的优劣、怎样捉知了，还教我们怎样讨女孩子的欢心。

白眼家条件是我们中间最好的。他们家开老虎灶，夫妻老婆店，属于小业主。公私合营中，父母积极要求国家把老虎灶收了去，可以拿国家工资。对于这种没有资产、没有固定盈利的私人企业，国家是不要的。但是，公私合营就是要消灭一切私有制，于是，政府名义上宣布公私合营，不承担经营责任、不发工资、不进行清产核资，连牌子也不换，只是登记盖章，称为"上海熟水商业同业公会"。

老虎灶一天十六个小时供应热水，灌满热水瓶一分钱、铜吊三分钱、汤婆子两分钱，买水筹有优惠。白眼的父亲用漏斗插进热水瓶，用大勺舀一勺半正好灌满一热水瓶。公私合营后，老虎灶升级改成了一排水龙头，加个布筒，顾客自行灌满。白眼的父母又在家开辟了洗盆汤，用木板隔开，男汤七分钱，女汤一毛钱。又在门口摆上两个八仙桌，喝茶，五分钱一位，随时续水。

老虎灶虽然利薄，但是，顾客多，收入不错。白眼家有五个孩子，白眼排行老三。白眼从小便帮家中干活，担任记账，由于锱铢必较，白眼算术好。

我常去白眼家玩，有时也帮他家干活，我们拉个两轮拖车，去木材厂拉丢弃的树皮、锯末，回来烧火用。白眼父亲也会送我水筹，给家里用。

白眼总有新衣服穿，头发梳成三七开，有时不当心梳成中分五五开，像电影里的汉奸。他母亲找我们谈过一次，让我们以后不要叫他白眼，说："你们好朋友帮帮忙，好吧？"但是，这明摆着的事实是抹不掉的，我们虽然答应，但总改不了口。

大头家是响当当的工人阶级，父亲母亲都是码头工人，工资加上各种补贴，收入不低。后来父亲工伤死了，得了一笔抚恤金。大头家有三个孩子，大头排行老大，从小就当家，买菜做饭、做家务。

大头除了头大，身体也壮。大头穿的用的都是劳防用品，棉马夹、棉帽子、翻毛皮大头鞋、褐灰色纱手套，就像一个小码头工人。

我们家也经历了大的变故，原本我父亲和母亲都在自己家族的企业工作，公私合营以后，家族企业收归国有。大伯和大舅被定为资本家，父亲母亲定为工人阶级，硬是把同一家族成员拆分到不同的阶级阵营。

父亲母亲在国营服装厂上班，工资不低，可是，要赡养失去资产后没有收入的奶奶、外婆和资助家族中的贫困户，就入不敷出了。我们家四个孩子，我排行老大，弟妹尚幼，父母照顾多一点，我便是被忽略的人，获得了较大的自由。

从小一起长大的小孩中，每个人都有一个绰号，可能我小时候长相平庸,没什么特色,所以开始我没有绰号。直到有一次弄堂人家的晒衣竹竿落下来,正好砸在我的头上,缝了三针,疤痕处不长头发,于是被人叫瘌痢头,后来简称瘌头。

二

我们五个人自从游向黄浦江那天开始,就在心里形成了同生共死的依赖关系。在浩瀚的黄浦江上,我们只是沧海一粟,随波逐流,唯有抱团才能壮胆。我们自称"五虎将",还立过"同年同月同日死"的誓言。

我们虽年幼无知,尚敬畏死亡,于入江之前,亦评估风险,还进行预演。黄浦江宽六百米,沿主航道每隔五百米有一个浮筒,上设航灯。这就等于降低了一半的风险,倘体力不支,可抵浮筒求救。估计游到浮筒要半小时,凭我们游泳的体力,半小时是有把握的。

然淹死黄浦江之人,多半不是因为体力,而是腿脚抽筋,通常只是一条腿抽筋。我们试了用一只手搭在黑皮的肩膀上,用单手单腿游是可行的,黑皮具有载重能力,其他人都不行,只要被人一搭肩膀,便双双下沉,吃水。

我们游向黄浦江时,排成一个乌龟状的队形,黑皮为首,其余人为四肢。开始时队形会乱,挤作一团,互相踢到脚,大头总是惊叫:"你们不要踢我呀。"但是,不久我们就放松了,游到江心时，才发现一切担心都是多余的。黄浦江水流湍急，浮力十足，只要在放松的状态下，稍微用点力，游泳速度就比苏州河快两倍，赶上陆地奔跑的速度，即使双脚不动，光靠双手也能游，甚至吸足气，躺在江上，手脚不动，也能漂流。

我们第一次就横渡了黄浦江，在江心经过浮筒时，远看以为只是柏油筒大小，靠近方见大如圆台面，且高出水面两米，根本爬不上去，当然，我们也不需要用到它了。我们从垃圾码头出发，按照直线距离，江对面是浦东东昌路渡口码头，然而，我们游到江对面上岸处已经是杨家渡渡口码头，相当于直角三角形的斜边距离。我们花了一个小时。

我们乘上了从杨家渡码头到复兴东路十六铺码头的轮渡。当时，乘浦江轮渡是买来回票的，从浦西轮渡码头买六分钱的筹码扔进票箱上船，回程就不买票了，我们免费乘船回到浦西。

从此，我们迷上了黄浦江，每天必游。

但是，游泳是辛苦的，长时间在烈日下暴晒，露出水面的肩膀和头皮常被灼伤，晚上只能趴着睡觉。再加上蛙泳时长时间昂着头，等上了岸，头也直不过来。还有从家里到黄浦江来回，赤脚走在柏油马路上，烫得脚底起泡，还沾满了柏油。

所以，我们更喜欢下雨天游黄浦江。远处，水天一色，烟波共生，岸线朦胧，如堕云雾里。眼前，雨滴洒落，水花四溅，涟漪圈圈，滴答有声，如入仙境中。

游黄浦江已经不在话下，我们便玩跳水。在苏州河上的河南路桥，黑皮站上桥栏杆，我们帮他看好桥两边没有船经过时，发出信号。黑皮向上一跃，做个大鹏展翅的动作，然后收拢身体，鱼跃入水。

我们四个人都没有这个胆量，只能到垃圾码头四米高的龙门架上跳水。跳水是个技术活，身体入水时阻力越小水花越小，必须双臂伸直夹住脑袋，否则头顶会拍疼，如果入水角度太小，就会拍得胸口疼，俗称"吃大板"。即使双脚直立入水，俗称"插蜡烛"，也要双手捂裆，否则拍得蛋疼。

等跳水也学会以后，我们便认为自己在水中已是无所不能，甚至自夸，说在黄浦江游一天没问题！黑皮建议，我们游一次长途，看我们最远可以游到哪里。大家一致赞成。

我们分析了黄浦江的潮汐规律，每十二小时涨退潮一次，每天推迟四十八分钟。十二小时中，涨潮四个半小时，平潮一个半小时，退潮四个半小时，平潮一个半小时，循环往复。

这天，确定涨潮时间是早上七点半，我们依然是光脚赤膊，穿一条全橡筋短裤，从垃圾码头跃入黄浦江。我们时而蛙泳，时而仰泳，边游边欣赏两岸的景色。越往下游，浦西的高楼渐次变成了矮房，厂房，仓房。浦东就荒凉多了，几乎看不到房子，过了塘桥的张家浜是一片煤炭堆场，然后便全是无边的农田，连江岸都是原始的土岸。

黄浦江上除了航行着万吨轮，更多的是机动木船，和拖轮拉着长长的水泥船队。我们要不断地避让各种船只，这并不困难，只要算好避让的提前量。

我们没有手表，无法掌握时间，一直到水势平稳下来，到了平潮时间，我们就知道已经游了四个半小时，应该是中午十二点了。平潮时，我们只能纯凭体力游向岸边。

我们爬上土岸，将等待一个半小时，到退潮时下水，再游四个半小时，回到垃圾码头。

上了岸，全是农田，我们向穿着靛蓝印花土布斜襟短褂的农妇打听，这里是奉贤县的南桥人民公社，离上海外滩的陆路距离是六十公里。我们得找食物果腹，便钻进菜地摘西红柿、黄瓜、萝卜吃。在这野外生存环境中，我不如他们四个人，我比他们"娇生惯养"的是，吃惯了热菜热饭。

我们吃饱了，坐在江边，看到江水开始流动，就准备下水。此时，我突然感到天旋地转，又吐又拉，瘫倒在泥地里，连坐着的力气都没有。

黑皮和鼻涕轮流背我，白眼前面带路，边跑边问医院在哪里。大头找小卖部，打电话到我父母厂里。我很快被送到南桥人民公社的卫生院，幸亏那时候人民公社看病不要钱。卫生院不大，就几间刷了白石灰的房子，医生诊断我得了急性肠胃炎，还发高烧，把我安置在一张木板床上，马上吊药水。

我父母接到电话，立即从厂里出发，乘轮渡过江，换了两次长途汽车，用了三个半小时到达卫生院。我吊完药水，病情稳定了，一行人坐长途汽车回到上海已经是半夜了。等我痊愈后，父母把我们五人召集起来，严厉训斥，禁止我们再去黄浦江游泳。父母说，幸亏我当时发病是在陆地，如果下水后发病，就没命了。

这种禁令只能管一个星期，之后，我们依然在黄浦江游泳。

黑皮在游泳上是我们的头，在打架上也是我们的头。我们从243弄10支弄出发去黄浦江要经过其他支弄，有几个中学生总截住我们不让走，要留下买路钱。一次，我们又狭路相逢，对方为首的是弄堂里有名的小霸王，比我们高一头。黑皮突然像射出的炮弹一样撞向小霸王，凭着速度的加力把小霸王撞倒在地，死死地用胳膊箍住他的头颈，压住他的肩膀，并捡起路边的石头砸他的脸，结果，小霸王鼻梁骨骨折，满脸是血，连眼睛也看不清，失去了反抗能力。其他人还没有反应过来，战斗就结束了。

事后，小霸王满脸裹着纱布，由家长带着去黑皮家交涉，黑皮家的哥哥、弟弟，个个都是狠角色，要命可以，要钱没有，事情就不了了之。黑皮说，要论打是打不过小霸王的，只能凭这种手段制胜。

三

我们整个夏天都在黄浦江游泳，体力消耗大，总吃不饱。正值三年困难时期，食品匮乏，粮食、副食品，一切都要凭票供应，即使在家吃饭也是吃不饱，况且，黑皮回家也没有东西吃。

我们常策划找东西吃，鼻涕是"智多星"，问我们："想不想吃鱼?"我们像一群猫鼬齐刷刷竖直了头说:"当然想。"他使劲吸回鼻涕说:"走,拷浜去。"我们准备了破脸盆、破水桶和一把铁锹,去浦东张江的农田。鼻涕像一个勘探家,选定一条两米宽的小河,划好十米长度,用铁锹挖岸上的土堵住两头,然后,我们五个人一起跳下去,把水一盆一盆往外舀,竭泽而渔。

没想到工作量太大,我们从早上九点一直劳作到下午四点,才把水舀干,我们成了泥人,累得坐在地上起不来。鱼虾在泥浆中蠕动,我们收获了一脸盆,有鲫鱼、昂刺鱼、泥鳅、蟛蜞、黄鳝、小虾、螺蛳。

我们去苏州河边的一个草棚,找拾荒人合作,在他砖头砌的简易灶头上用断了柄的钢精锅烧这些鱼虾。大头擅长烹饪,从家里偷来油盐酱醋,虽然条件简陋,也绝不简化烧菜的程序,先放入姜蒜,油煎一下,然后倒入酱油、黄酒,大火煮小火炖,最后撒上葱花。我们美美地饱食了一顿,当然,我们也要分一杯羹给拾荒人。

虽然鱼好吃,但花费一天的时间太长太累,我们否决了这种方法。鼻涕又提出去捉青蛙,晚上,我们到浦东的塘桥,拿着手电筒和二齿叉,在田埂上巡走。夜色下的田埂是黑色的泥土和绿色的杂草,手电筒光远远地照出去,如果发现有一块指甲大小的白点,那就是青蛙昂头露出的白下巴,一鼓一鼓在叫,很好辨认。把手电筒光照着它的眼睛,蹑手蹑脚靠近,用二齿叉一戳就中。当然,如果青蛙背对我们就不行,直到走近了它跳入水中才发现。

这样，一个晚上，我们可以捉到二十多个，足够我们吃一顿。可是，回到家已经是后半夜了，家里大人是不允许晚上不回来的，我们捉了一两次也结束了。

我们问鼻涕有没有更容易的办法弄到吃的，鼻涕又用力吸了一下鼻涕，神秘地压低声音说："去钓鱼！"我们都失望地摇着头说："哪有那么容易钓？"鼻涕找了一根绣花针，在炉子上烧红拗了个弯，穿上尼龙线，在泥地里挖了蚯蚓。

晚上，鼻涕把我们带到城隍庙的九曲桥，鼻涕背靠桥栏佯装纳凉，把鱼钩放下水，我和黑皮作掩护，大头和白眼在桥两端望风，没人时发出信号，鼻涕就收线。湖里鱼太多，线落鱼咬，钩钩不空，鱼簌拥得水面起了红色波澜，只消半个小时，我们就钓了十几条金鱼和红鲤鱼，我们用塑料袋裹了掖在怀里使劲压住鱼跳和心跳。

在拾荒人的草棚里，大头剖鱼，金鱼去了头尾和肚肠，没什么肉，就扔了。红鲤鱼和鲤鱼没什么区别，极其美味，我们连汤也喝得不剩。

从此，我们常吃红鲤鱼，直到吃腻的一天，黑皮抚摸着肚皮说："不能老是吃鱼啊，我们去偷一个鸡吃吧？"我断然反对说："鸡都是人家养的，怎么能偷？那不成了'周扒皮''半夜鸡叫'了？"鼻涕幽幽地说："猫肉吃过吗？"我说："能吃吗？"黑皮急了："管他呢！是肉就行。"大头说："我去弄点茴香、八角、辣酱，只要烧得好一样吃。"白眼眨眼说："猫怎么捉得到？"鼻涕说："你个白眼当然捉不到咯。"

晚上，我们远远地跟在鼻涕后面。鼻涕拿个破箩筐放在身后，在菜场里转悠。看到野猫，装着若无其事，慢慢靠近，野猫弓身警惕地注视着鼻涕，鼻涕把头别过，避开对视，到了跟前，突然来一个饿虎扑食，箩筐罩住了野猫。

大头收拾野猫的时候，我没有看。猫肉和兔肉相似，有点膻味。

鼻涕的特异功能还不止这些，他还会自制弹弓，用石子打鸽子。还会用竹竿顶裹面筋去粘树上的知了，用火烤来吃，不过，我是不敢吃，鼻涕和黑皮都说好吃，像龙虾片。

拾荒人的草棚成了我们的食堂，我们和拾荒人也建立了友情。我们给拾荒人起了个名字叫"水老鼠"，因为苏州河的边上本来就多水老鼠。"水老鼠"是河南人，四十多岁，可是，看上去有六十多岁。他的生活来源就是靠北苏州路一带的垃圾箱，收集废纸、纸箱、破布、废铜烂铁，分门别类后卖给废品回收站换钱。

大头做菜的时候，我们和"水老鼠"聊天。我说："'水老鼠'，你为什么到上海来拾荒，不在河南待着？""水老鼠"说："大上海好啊！饿不死人，你们有那么多东西可以找来吃。"说着指着河堤说："这里面还有那么多老鼠没人吃。"白眼插上嘴说："老鼠也能吃？鼻涕，你吃过吗？"鼻涕说："没吃过，你们想吃？我去捉。"我们异口同声说："不吃！"

在草棚的日子里，我一点也不觉得日子苦，甚至觉得，老师说得没错，新社会人人平等，不管是资本家、工人、农民、拾荒人，都是一样的人，没有高低贵贱之分。我不觉得奶奶说的解放前我们家的辉煌有什么好，甚至痛恨因财富的多寡把人分成不同的等级。以至于我相信："卑贱者最聪明，高贵者最愚蠢"，黑皮的胆量，鼻涕的能力就是最好的证明。

黑皮家虽然穷，口袋里却总是有钱，而我却身无分文。我终于发现，黑皮的钱是偷来的，他会去挤公共汽车，或者去火车站、南京路、城隍庙偷钱包，上海人称为"铳手"。原本，我听说"铳手"偷钱包都是有特殊技能的，首先是食指和中指伸出来一样齐，就像一把钳子，其次是速度快，要有闪电之势，故"铳手"能在开水锅里取玻璃球。黑皮似乎并没有这种技能，不过，他的专业基本功是有的，先有意在人堆里挤，看到有人下意识地把手捂住有钱的口袋，就泄露了天机。黑皮锁定目标跟上去，伺机下手，成功率很高。

有一次，黑皮有大收获，说带我们去吃大餐，我们在生煎馒头店坐堂吃，八分钱一两有四个，黑皮买了一斤，还每人一碗蛋皮虾米汤，足足花了一元钱。这是我们第一次吃生煎馒头，感觉远比现在的富二代阔绰，我甚至想，我的父母也不一定享受过这种待遇。

我吃饱喝足回到家，正赶上吃晚饭，又是面疙瘩，我便说，今天吃不下饭。母亲惊奇地看着我，上来摸我的额头，然后又摸摸自己的额头说："没有发烧啊，你肚子疼吗？"我顺势说："有一点。"母亲按了几下我的大肚皮后说："肚子是软的，不像胃积食，你在外边吃过东西了？"我赶忙说："没有，没有。"

这件事在母亲的心里埋下了疑问，当然不久这个疑问就解开了。

一天，黑皮在公共汽车上偷钱包被捉，让群众扭送到派出所。弄堂里的小孩告诉我这个消息，我直奔黑皮家，把这个消息告诉黑皮的母亲，让她去领黑皮。不料黑皮母亲并不吃惊，甚至没有停下正在洗衣服的手，只是苦笑了一下说："还是让他在派出所多待几天吧，那里饿不着。"我狠狠地摔门而去。

我跑到我母亲的厂里，找母亲去领黑皮。母亲二话不说，放下手里的活就随我来到派出所，对民警自称是黑皮的娘，来领黑皮，并出示了工作证，做了登记。民警严厉地训斥母亲："把孩子管好，再偷东西就送少教所！"母亲诺诺连声，一再保证，回去好好教育。

民警去里屋把黑皮领出来，黑皮的额头、嘴角都是血，已经干涸，衣服的前襟也留有发黑的血迹。母亲突然抓住民警，大声质问："你们把孩子打成这样！我和你去分局评理。"民警忙解释道："我们怎么会打孩子？人家群众送来就这样，我们也不知道是谁打的。"

母亲把黑皮带到家里，帮他在天井里的水龙头下洗了澡，伤口涂上红药水，晚上留在我们家吃饭。

母亲流着泪对黑皮说："以后不要去偷钱，你要饿了，到我家来吃饭。"母亲又塞给黑皮五毛钱，说："钱用完了再来拿，哦？"黑皮一直低头不语。

母亲心里难受，我为母亲的难受而难受，但是我却看到黑皮有一刹那偏过脸和我对视时笑了一下。

黑皮走后，母亲把我叫到床前问："你有在外边偷钱吗？"我说："妈，我不会偷钱。"母亲说："那，你哪来的钱在外边买东西吃？我早就怀疑你有来历不明的钱。"我只能如实供出黑皮用偷来的钱买生煎馒头吃。当然，吃红鲤鱼和猫肉是不能说的。

这一晚，父亲和母亲吵了一架，父亲说："自己家孩子还养不过来，你去管人家的孩子！"母亲说："你看着这孩子没饭吃，忍心不管吗？"父亲说："这也要看怎样的孩子，这种偷东西的孩子，本质坏，管不好的！"母亲说："他没东西吃，不偷，你叫他怎么活？要是我死了，我的孩子不也会去偷呀！"这一夜，母亲一直哭。

第二天，母亲领着我到那家生煎馒头店，证实了情况才放我过关。

不过，我觉得父亲说的话也许是对的。黑皮以后还是偷，只不过不在公共汽车上偷，怕失手以后逃不掉，他通常会去便于逃跑的地方偷。

其实，不光黑皮偷钱，白眼也会偷钱，只是他偷自己家里的钱。老虎灶上面有一个木匣子，存放收来的水筹和零钱，白眼每次偷钱不超过一毛钱，所以家人竟一直没有发现，再说登记做账也是白眼做。

白眼偷到钱，并不独自享用。整个夏天，我们经常吃冷饮零食，赤豆棒冰两分钱一根，盐水棒冰一分钱一根，还有盐水片、盐金枣、香草枝、桂皮，都是白眼埋单。

鼻涕不用偷钱，他哥哥有时候会给鼻涕一点零用钱，钱是绝不过夜的，鼻涕有时会带我们去享受高档的消费，比如买冰砖、正广和橘子汽水，或者去吃阳春面、小馄饨、咖喱牛肉汤，甚至看一场早场电影。

大头没有钱的来源，但是，他偷家里的油盐酱醋，也是我们过日子的必需品。唯独我对发小没有贡献。

四

自从我在黄浦江游泳生病、黑皮捉进派出所让母亲去领人以后，母亲对我们的发小群就特别关注了。她似乎成了我们的保护人，倒也弥补了我没有贡献的缺失。

鼻涕的父亲是个酒鬼，只要不是下雨天，鼻涕的父亲就会在家门口支起小圆桌，用搪瓷杯零拷半杯高粱酒，慢慢独酌。下酒菜是不讲究的，毛豆炒咸菜、油氽豆瓣、炒豆腐渣、酱油泡炒黄豆。

他喜欢和弄堂里邻居聊天，如果围观的人多，他就像说书一样声情并茂。

鼻涕的父亲喝酒分四个阶段，第一阶段开始脸红，显出享受之态。第二阶段眼睛红了，脖子也红了，喜欢拖住人讲话。第三阶段脸色发白，眼神涣散，无名发火，摔东西，打人。第四阶段人发怔，反应迟钝，有时头一低就睡着了。

有一次，鼻涕上我家玩，鼻子肿了，鼻血擦干了，像一抹红胡子。鼻涕说他父亲叫他再去打酒，他不肯去就挨打了。

第二天，鼻涕的父亲又在门口喝酒，我母亲拉着鼻涕走上前，将桌上搪瓷杯里的酒泼在他的脸上，骂道："喝！喝死你，把小孩打成这样。"鼻涕的父亲打了一个激灵，酒顺着脸往下淌，他伸出舌头在嘴唇四周舔了一圈，然后看着酒流到胸前，地上，没有吭声。我想，幸亏鼻涕的父亲喝酒才到第二阶段。

母亲爱护孩子，发小都管我母亲叫妈，母亲厂里的同事看到了都会问："你到底有几个儿子？"

我们发小在自己的小圈子里玩，不带其他孩子玩的，尤其是女孩子，生怕我们做的这些事扩散出去惹麻烦。而大头偏偏喜欢和女同学搭讪，一天，在学校的走廊上，大头对两个女同学说："你们吃过红鲤鱼吗？吃过青蛙吗？"女同学围住大头问："好吃吗？以后带点给我们吃呀。"大头接着说："我们还吃过猫肉呢。"女同学捂住嘴尖声叫起来："太吓人了！你胆子好大噢。"

正好，白眼经过听到，揭发出来。放学后，黑皮一脚踹在大头的屁股上，鼻涕在大头的头上连续拍打。鼻涕骂大头是叛徒甫志高，黑皮说以后不带大头玩，这比打他更严重，大头哭着保证以后再也不说了。

其实，白眼更关注女同学，常常和我们议论班上哪个女同学漂亮，哪个女同学来月经了。有一天，白眼神秘地告诉我们，他半夜醒来，看到他的父亲光着身子压在他母亲身上做俯卧撑。他还告诉我们一个秘密，他们家老虎灶的女浴室后边板壁上有条缝，可以看女人洗澡。

这天，我们几个人趴在板壁缝上看，鼻涕先看，半天没动静，我们催他快点，问他看到什么，鼻涕回过身来说："就看到个背脊。"这时，白眼的母亲发现了，把我们赶走，并在板壁缝处又加钉了一块木板，以后再也看不到了。

白眼家的老虎灶地方大，店堂外的两张八仙桌，晚饭前是没有人喝茶的，我们放学后就在他们家的八仙桌上做功课。功课本来也不多，我们一起做，分工合作就更快了。

算术大都是油印好的填充题、计算题和应用题，白眼算术好，由他负责做好范本，我们照抄。自然、地理由大头和鼻涕负责做好范本让我们抄。黑皮就全抄，他的功课在全班倒数第一。

我负责的语文是最吃重的，尤其是作文。老师喜欢出题："一件难忘的事"，要求五百个字以上，有开头、结尾、中心思想。

我就写一个捡到钱包归还失主的故事，同一个故事我要写五个不同的场景：我淋着倾盆大雨，我冒着刺骨的寒风，我顶着火辣的太阳……我要写五个不同的失主：工人叔叔，农民伯伯，解放军叔叔……我还要写五个不同的结尾，当失主道谢时：我悄悄地离开了，我默默地走开了，我偷偷地溜走了……还不能都捡到钱包，还要捡到公文包，捡到文件袋……

黑皮在抄作文的时候会说："捡到钱包怎么会交还失主呢？我偷都要偷了！"我说："不就是编个难忘的故事嘛。"黑皮说："我难忘的是饿肚子！"

因为都是编出来的故事，没有见证人，可以瞎说。

不过，当老师出题"我最尊敬的人"，就把我难住了，这不能瞎编，最主要的是我找不出尊敬的人。

我接触的人：大舅、大伯是资本家，孃孃是右派分子，外婆是地主婆。父母虽然划为工人阶级，却带着剥削阶级的烙印。黑皮的母亲是个国民党军官的老婆，鼻涕的父亲是个资本家加酒鬼，白眼的父母是个连公私合营都不够格的小业主，大头的母亲尽和我奶奶争公用地方，是斤斤计较的八婆。

展眼望去，竟无一人可写。结果，我们都写老师，可是我没有能力从五个不同的角度去写同一个老师。于是，黑皮交了白卷，大头自作聪明，把个女老师写成"浓眉大眼，声音洪亮"，被老师评语"牛头不对马嘴"，判不及格。鼻涕别出心裁，把个资本家酒鬼父亲写成单位里的革命干部，被老师评语"不老实，说假话"，也判不及格。

其实，我幼时最尊敬的人是我的母亲，我感觉到母爱是世界上最无私最伟大的爱，可是，这种个人的感情是小资产阶级思想，和这个时代的精神是格格不入的，是不能写的。

我虽然不懂得真实才有生命力，却已经知道了虚假才有生存权。

我们发小是在互相扶持中，挣脱着学校和家长对我们的教育约束，犹如荒野生存一样，自己长大了。

小学毕业以后，我们考上了不同的中学，又经历了"文化大革命"，接着上山下乡。我去了黑龙江生产建设兵团，鼻涕去了云南生产建设兵团，白眼去了安徽插队落户，大头去山东参军，唯黑皮留在上海，进了上海医疗器械厂。

我们就像乘上了时代的过山车，被时势裹挟，身不由己，随波逐流。我们几个发小失去了联系，甚至迷失了自己。

五

直到1980年代初，我们都先后回到了上海，生活安定了下来，结婚生子，有了自己的生活，发小又重新聚到了一起。

黑皮，身高一米八五，运动员身材。他在上海医疗器械厂上班，当上了车间副主任，妻子是上海第一百货公司的营业员，生有一子，已五岁。厂里分了房子，五十多平方米，比他小时候十几个人住的房子还要大，他母亲已经去世。

黑皮的工资是我们中间最高的，家中三五牌座钟、钻石牌手表、永久自行车、蝴蝶缝纫机、红灯收音机、水仙洗衣机、金星黑白电视机、华生落地电风扇，上海名牌工业品，全副武装，应有尽有。

黑皮的优越感不仅体现在物质上，更多地表现在谈吐上，他会评论这个国家，评判这个社会，评介世界潮流。告诉我现在改革开放了，思想解放了，人文觉醒了。黑皮还告诉我如何适应上海的节奏，如何周旋工厂的人际关系，如何享受现代的生活。

黑皮这种优越感甚至外溢到了情欲解放上，他给我讲了他选女朋友的故事，当初，他同时和几个女朋友交往，有一个女朋友是上海滑稽剧团的演员，有一个女朋友家里是有海外关系的，还有一个女朋友是某领导的女儿。他之所以和现在这个女朋友结婚是因为她怀孕了，不得不奉子成婚。但婚后还和其他女朋友保持来往。

我刚回到上海，顶替退休的母亲，进了上海人民服装厂当工人。家中二十多平方米的房子，辟出一半面积让我结婚，另一半面积住着我的父母和两个妹妹，弟弟还在吉林插队落户。

黑皮帮我安家，弄了电视机的票子，自行车的票子，还帮我买零件组装了一台杂牌的落地电风扇。

黑皮每次到我家，母亲总是要留黑皮吃饭，说人家家里困难，我对母亲说，现在还困难什么呀？人家比我们条件好多了！

鼻涕也回到了上海，身高一米九，瘦长条。鼻涕和我一样，身无分文地回到上海，一切都要从头开始。鼻涕极善谋生，就像小时候总能找到吃的一样，他也能凭本事赚到钱。

他分到了街道房管所工作，空闲时间多，便出去做私活。当时，市面上流行做沙发，鼻涕手巧，学什么像什么，突然就成了木匠，帮人家定制沙发。

我看着他做沙发，简单到我也看会了。鼻涕买来木条、弹簧、提花沙发布、麻袋布、海绵。用木条钉起一个框架，把弹簧排列成九宫格的形状，再互相绑成整体，底下用麻袋布封上，上面用海绵覆盖，最后用沙发布包紧。这种连扶手、靠背都包起来的软包式沙发，看上去温馨舒适，不过是"金玉其外败絮其中"。一个沙发就顶他一个月的工资，有时候，一组3+2+1组合沙发，竟然是他半年的工资。

鼻涕还上门定制家具，当时时兴捷克式家具，一改以往传统家具垂直框架线条和暗红色油漆的风格，捷克式家具线条呈钝角，重侧面，四个高脚向外撇。油漆先上色后刷清漆、腊克，光可鉴人。款式简洁时尚，比老家具更容易制作。鼻涕帮人家定制一套三门橱、音响柜、床头柜，可以净赚一千多元，是他几年的工资。鼻涕俨然成了大师傅，每天做工结束，人家还要好酒好菜供着，我有时候去打打下手，也能蹭一顿饭。

鼻涕用赚来的钱买了一栋两层楼的私房，人家介绍了一个女朋友，一次相亲就成功了，不久就结婚生子。

鼻涕很注重生活享受，尤其在吃的方面，只要是他没有吃过的东西，他都会买来吃，不管多贵。那时候，甲鱼都是野生的，他经常吃，每次到我家，都会带一个，说让我母亲补补。他还弄来熊掌、野猪，叫了发小一起吃。酒当然是非茅台不可，五元钱一瓶，一顿饭能喝好几瓶。

鼻涕每个星期都要去饭店吃饭，"老饭店""老正兴""老半斋""绿波廊""红房子"，轮着吃，我们发小相聚，都是他请客，从不吝啬。鼻涕不修边幅，总是一身工作服，因为随时有活干，也懒得换。

大头参军入党，当过排长。复员后，在上海棉纺厂上班，当保卫科科长。大头身高一米八，国字脸，身材魁梧，仪表堂堂，有股革命军人的气势，像电影里那种一身正气的英雄人物。

大头在棉纺厂分到了房子，结婚生子，妻子是同厂的纺织女工。

大头养成了看《解放日报》和新闻联播的习惯，对党的方针政策了解透彻，党性原则强。我们发小聚会的时候，他总是穿着洗得发白的军装，风纪扣紧扣，正戴军帽。他讲究仪表也就算了，却还端着革命军人的架子，正襟危坐，更讨厌的是我们讲上海话他偏讲普通话，开口闭口："不忘党的培养"，"要领会党的政策"，"做事要遵纪守法"。

有一次，鼻涕忍不住了，把大头的军帽抓来起扔在地上，劈头盖脸打他的脑袋，骂道："你个死大头！装什么装？你不就参个军嘛。"黑皮朝大头的屁股狠踹一脚，骂道："册那！老卵点啥！"

我把大头拉起来，替他捡起军帽说："算了，算了，我们吃饭了。"大头再坐下就话少了，酒却多了，结果，让鼻涕和黑皮给灌醉了。我们抬手抬脚把大头送到家里，鼻涕对大头的妻子说："没办法，大头非要喝，劝都劝不住，他说在家你不让他喝，这可不对，啊！"我们忍不住一阵哄笑。

从这以后，大头的毛病总算改过来了，不讲普通话了，也不打官腔了，甚至军装也不穿了。

白眼，身高一米七，他在安徽插队落户时就早早地结了婚，回上海时，儿子已经十几岁了，老婆是个安徽姑娘。

他们家的老虎灶已经被时代淘汰，关门了。白眼的父亲由国家安排进了黄浦浴室工作，有了固定工资，一直做到退休。白眼就顶替他的父亲进了黄浦浴室工作。浴室工人大都是没有文化的老人，白眼在那里又年轻又有文化，算是人才，不久，就当上了浴室经理。

白眼对这个大众浴室进行了彻底的改革，把大池子、大通铺改成了各种水温的小池子、VIP包房和桑拿浴，把普通的擦背改成了油压和踏背，把普通的扦脚加上脚底按摩，增加了点心供应、洗衣服，又增加了住宿。浴室扭亏为盈，利润大增，白眼一时成了服务行业的风云人物。

我们发小经常光顾浴室，白眼利用职权，让我们只付一个最基本的票价，就可享受超值的服务，实实在在感受到社会上"开后门"的好处。

可是，白眼并不满足国家给予的种种口惠而实不至的荣誉，他辞去了公职，去南方做生意，把走私进来的电视机、四喇叭收录机、三洋录音机、TDK录音带、电子表，还有邓丽君歌曲、黄色录像带弄到上海倒卖,赚了第一桶金。到后来又开了个影视厅,播放港台片。

白眼整个人变成了港台腔,烫发,戴蛤蟆镜,穿格子衬衫和喇叭裤,连讲话都拖长了尾音。原本斜视的眼睛,现在看起来竟像对世俗的蔑视和冷眼,有种玩世不恭的潇洒。

白眼很快成了暴发户,财富远超黑皮和鼻涕。白眼买了一辆夏利车做座驾,请了个女司机,脖戴大金链,手戴嵌宝戒,拿着大哥大,过上了纸醉金迷的日子。

白眼的享受不断升级,天天下午泡桑拿,他去的不是黄浦浴室,而是上海有名的桑拿会所。终于,在一次集中扫黄中,因为嫖娼被警察捉住,送去大丰农场劳教两年。由于表现好,提前释放了。

我们在饭店里给白眼接风,白眼的样貌又变了回去。鬓角和头顶的头发一般长,像个猴头,神情木讷,斜视眼凝滞成了斗鸡眼,饿久了,一个劲地吃菜。鼻涕憋住笑,破着句说:"你啊,你——现在谁不嫖娼——只有你捉进去!"白眼嘴里含着食物,边嚼边说:"那次倒霉,正好碰到警察拉网。"大头插话道:"你就是缺少学习啊,如果报纸上讲要整顿、整治什么的,你就应该避避风头了。"鼻涕放声大笑:"就是嘛,你再看黑皮,不但嫖娼,还玩 3P,放在过去,早枪毙了。"黑皮一直笑个不停,说:"活该,赚到点钱不知道自己姓什么了。这种高档会所太招摇,早晚出事的。"

大家笑够了，吃菜喝酒。鼻涕忍不住又提这事："白眼，警察冲进来时，你正干了一半怎么弄呢？"白眼说："什么呀，我衣服都穿好了，在柜台结账后，走到门口被抓的。"鼻涕从座位上跳起来说："你他妈的，不要承认呀！我们男人都是提上裤子不认账的。"白眼说："没用的，女的都承认了，再说付了多少钱都有账可查的。"鼻涕依然坚定地说："打死都不承认，警察没有办法的。"白眼沮丧地说："现在知道了。警察当时说，我们例行公事，你承认了，做个笔录，罚点钱就回去了。我刚签完字，就被拉到隔壁房间，剃光头发，拉上车送走了。"

大家又笑了一阵，黑皮问："哎！你现在还行吗？有阳痿也不要紧，我给你伟哥。"白眼摇摇头说："算了，你不知道的，经过这事，心里有阴影的。"

我一直跟着笑，突然想到一个关键问题，问白眼："你老婆知道吗？"白眼紧张地摇手说："不知道的。我进去后，派出所打电话到我家里，我爸接的电话，然后骗我老婆说是走私抓进去的，你们以后见到我老婆不要说漏嘴了。"

鼻涕说："你爸不愧是'老懂经'了，年轻时肯定也是风流鬼。"白眼把手里的筷子砸向鼻涕："你幸灾乐祸吧，你早晚也要捉进去的。"然后，用手指点了点我们每个人说："你们哪一个是好东西？"

白眼虽然只是一句玩笑话，谁想一语成谶，以后还真的一一应验了。

六

鼻涕聪明手巧,但毕竟做沙发打家具的时代已经过去了,闲来无事,天天搓麻将。后来,他在自己买的二层小楼的二楼开辟了一个麻将房,终日约赌。房间里常常少则五六个人,多则十几个人,麻将台上只能坐四个人,边上押注的人可以无限多,上海人俗称"飞苍蝇"。房间里总是烟雾腾腾,眼睛辣得睁不开,只有赌红了眼的人才能待得住。

麻将作为赌具变化无穷,可以小赌怡情,也可以豪赌博命。鼻涕的麻将台面上,一个清碰辣子八千元,加上押注一局总有几万元。鼻涕牌艺不差,赢多输少,常在朋友圈炫耀,引得黑皮也加入了赌局。

一天晚上,鼻涕家的麻将正酣,突然,十几个警察冲进来,先制服了楼下的家人,直奔二楼麻将房。门锁着,警察敲门,并警告,再不开门,就破门进入。

赌徒们困在房内,唯一的反应就是藏钱,有的人藏在鞋子里,有的人藏在内裤里。黑皮脑子转得快,发现头顶有一个阁楼,平时是贮藏被褥用的,用力一跳,双手抓住阁楼板,像翻单杠一样纵身爬进阁楼,钻进被褥。

警察破门而入,用电击棍指着,命令赌徒双手抱头蹲在地上,然后一个个脱光衣服搜身,钱全部堆在桌子上,一共三十多万,七个人被带上警车。鼻涕被处三年劳教,送去白茅岭农场。其余人也都处以两到三年劳教,没人幸免。

警察走了以后,黑皮从容地跳下来,拍了拍手,回家了。其实,当晚警察审讯时就有人交代了阁楼上还有一个人漏网,警察事后也懒得去查。

我们几个人决定去白茅岭农场看望鼻涕,在火车站,黑皮退缩了,说:"我不去了,别白茅岭农场把我留下来,不让我回来。"我说:"你太没知识了!白茅岭农场只管关人,不管捉人的。"白眼说:"要是和鼻涕一起判的人认出黑皮,当场举报,白茅岭把黑皮先扣起来再通知上海警察呢?"大头说:"没事的,事情过去半年了,早结案了。"白眼头一拧说:"那可不一定!我们安徽老家一个人,打伤了人,跑了,结果,两年以后在广东给抓住了,还不是判了刑啊。"我说:"那个人是逃犯,黑皮搓麻将算多大事情呀?"白眼说:"难说!嫖娼、搓麻将,今天没事,明天可能就有事,后天又没事了,事情是可大可小的。"我们竟然没法驳倒白眼,大头推了一把白眼说:"册那,你最好大家都像你一样,坐个牢。"说着拉着黑皮说:"走,别理他。"谁知黑皮突然挣脱大头的手,撒腿就跑,好像我们就是警察一样。

在白茅岭农场的接待室里,我们和鼻涕见面了。鼻涕光头,穿着宽大的劳动服,像乞丐一样弓身伸手,一个劲地说:"香烟,香烟,快!"白眼递过一支香烟,故意晃了一圈,鼻涕的手也跟着追了一圈。这回轮到白眼嘲笑鼻涕了:"你啊,你——现在谁不搓麻将——只有你捉进去了。"白眼把香烟给了鼻涕,帮他点上,继续说:"你承认了?打死都不要承认啊!"鼻涕深深地吸了一口,吐完烟说:"不承认有什么用啊?桌子上赌资放在那儿呢,我们七个人全判了,有一个朋友叫小老虎,真的没赌,在边上看的,也判了。"

大头说:"以后,你们搓麻将不要用现钞,用筹码,警察就没办法了。"鼻涕没好气地说:"去你妈的,说什么风凉话?"鼻涕转向我说:"这里上班做服装,苦死了,你想想办法,帮农场联系点加工业务,做点贡献,让我换个轻松的工作。"

我找了农场的领导,表明我在上海人民服装厂工作,可以帮农场联系服装加工业务,农场领导很感兴趣。当天我们把身上的香烟都留给鼻涕,领导也允许了。以后,事情办成了,鼻涕在白茅岭农场换了一个好工作——打扫厕所,没有劳动指标,可以偷懒。

白眼和鼻涕的"罪行"可大可小,不需要法院判决,公安直接处罚就进劳教农场。还有一种罪行是"可有可无",发现了就有,不发现就没有,发现了就要经法院判决,进监狱。大头的罪行就是这一种。

这几年,大头看到黑皮、鼻涕,尤其是白眼的收入比他高,本来就不服气,再加上妻子一直在家埋怨他无能,日子过得不如别人,大头的心里憋足了一口气。

棉纺厂顺应改革大潮,在厂里办了一个三产贸易公司,大头担任经理,厂里把计划供应的棉纱,划出一部分由贸易公司提价销售,可以优先拿到货。

私营企业和国营企业做生意都时兴回扣，大头的权力大了，身边每天有人围着他转，自然不用大头开口，私人老板会把钱用各种方式送到他手里，开始是把钱藏在饼干盒子里，或者香烟盒子里，后来熟了，就干脆讲好每吨纱回扣多少钱。

大头知道这事情犯法，所以，大头都是收现金，一对一，从不签字。时间长了，没有出事，胆子愈发大了，再加上这些老板信誓旦旦保证绝对不会出卖他这个兄弟，大头便认为这钱来得安全，即使哪一天检察院来查，他打死都不承认，神仙也拿他没办法。

一些和大头关系好的老板在外免不了要炫耀和大头经理的关系，一些拿不到货的老板就举报大头。检察院介入，调查那些和棉纺厂有业务关系的私营企业，他们给大头的钱都是记录在账的，老板都交代了。上面把大头关起来审讯，打耳光、强光照射、不让睡觉、不给喝水，大头都挺过来了。后来去大头家抄家，在地板下面找到了几包现金，加起来有十几万。大头被法院以职务犯罪判了五年徒刑，在上海提篮桥监狱服刑。

我托了关系，和白眼一起去探望大头。这座当初由英国人设计建造和管理的提篮桥监狱放到今天都算是先进的，不愧是当年远东第一监狱。我参观了大头的监舍，大铁栅里边九平方米的监舍住着六个犯人，晚上睡觉的离地半尺高的大通铺占去了监舍五分之四的面积，大通铺前还要放一个便桶。我想当初英国人设计时如果知道要关六个人的话一定会让它再大一点，不过转眼一想，大一点就会关十几个人了，怎么社会越发展，犯人越多了呢？我又参观了监狱的劳动车间、食堂、浴室、会议室、禁闭室、行刑室。

按规定，我们在会见室等大头，大头穿着号服，平端着两个拳头，一路小跑，到门口原地踏步，并腿立停，对管教喊道："报告政府……"大头进门后，站得笔挺，我说："坐啊！"大头看了一眼管教，管教说："坐吧！"大头才坐下，我递过去一包香烟，大头抽出一支，我替他点上。大头狠狠地猛吸几口，抽完一支立即用烟尾对着新烟点着。

管教去了门外等着，我问他在里面过得怎么样。大头说："每天六点起床，洗脸刷牙上厕所，六点半吃早饭，七点学习报纸，八点上班，中午十二点吃饭，下午一点半上班，五点半下班，六点吃晚饭，七点半看电视，八点半熄灯睡觉。"我叹了口气说："唉！你还是习惯军事化的生活啊。"我又问："吃得怎么样？"大头说："你别说，吃得真不错，两菜一汤，饭管够。"

白眼插上来说："你们住的条件太差，绝对比不上我们劳教农场，这里不是人待的地方。"大头不服气地说："你上海的房子比安徽老家的房子小多了，你愿意在哪里啊？"大头突然觉得这种比喻不恰当，又对我说："在这里，家人探视不是方便吗？你们也可以经常来看我。"

我觉得大头和白眼的讨论毫无意义，说："在哪里服刑是劳改局决定的，你还能选择吗？"

管教进来，用手指头点了点腕上的手表。我提高了声调说："大头啊，表现好一点，积极改造，争取减刑。"大头说："我每个月都能评到先进，点数积够了就可以减刑了。"

黑皮没有去看大头，他的生活麻烦不断，先是他妻子无法忍受他女朋友太多，离了婚，带着儿子改嫁了。接着是把一个领导的女儿肚子搞大又甩了人家，领导把他告到上海医药公司，黑皮的车间副主任职务免了，还受了处分。正好，他们医疗器械厂在安徽办了一个分厂，黑皮被发配去了安徽。

白眼在上海已经没有工作，倒卖电子产品也早没了市场。以前广东中山的一个朋友开了一个工厂，生产DVD机，白眼去做推销员。

七

我们五个发小又失散了，就我一个人留在了上海。

在1980年代，我用了四年时间读了南市区业余大学，学了复旦大学中文系的全部课程：古汉语、现代汉语、古典文学、现代文学、外国文学、哲学、逻辑学……又用了三年时间读完了复旦大学英文系的夜大课程，用了两年时间读了复旦大学新闻系的夜大课程。差不多有十年，我用光了全部的晚上时间和休息天，过着苦行僧的生活。

我在上海人民服装厂，刻苦钻研服装技术，从一个普通工人做到生产组长、车间主任、计划科长，直到坐上厂长位置。

八十年代后期，中国的服装制造走向世界，迎来了空前的大发展。我们厂接到了来自日本、美国、欧洲以及中国港台地区的订单，要完成这些天量的订单，我们厂发展了几十家外省市的乡镇服装厂，为我们加工。

我自然成了外商和乡镇企业老板公关的对象，世界上没有攻不下的堡垒，贿赂是于无声处循序渐进的，变质是不知不觉中潜移默化的。

香港达利洋行是最早和我们厂做生意的外商公司，一日，老板林先生和我们谈完生意后问："我可以抽烟吗？"我说："可以，我们男人都抽烟。"我从口袋里拿出三毛五分钱一包的"大前门"香烟，率先点上，技术科张科长抽出一包两毛八分钱的"飞马"牌香烟，技术员老李摸出一包两毛二分钱的"劳动"牌香烟，林先生从手提包里摸出一包"健"牌美国香烟。腾云驾雾中，林先生拿起我的"大前门"端详一会说："我尝尝？"我说："你抽吧。"林先生把他的"健"牌香烟扔过来："你们也尝尝我的？"

这是我第一次抽"健"牌香烟，入喉滑润，浓而不呛。夹在手指，洁白修长，如箭似镖。林先生看出我喜欢"健"牌香烟，就给我留了一包，我把它拆开分了。

林先生再来的时候就给了我一条"健"牌香烟，这一条烟顶我大半个月的工资，这算不算受贿？我想，香烟烧完了，贿赂也烟消云散，我并没有留下利益，任何部门都不可能认定这是受贿。再以后林先生送两条、五条、十条，我便心安理得了，甚至抽不完，把香烟卖给小贩，每月有固定的几百元收入。

一次，林先生请我在锦江饭店吃饭，大冬天，饭店温暖如春。服务员把林先生脱下的风衣、西装拿走，挂在衣帽间，我脱下厚重的棉袄、两件毛衣，把我边上的椅子堆得小山一样高。林先生衬衣挺括轻盈，我皱巴的衬衣里还有一件棉毛衫。完全不同的生活境况，把我打入窘迫和自卑。吃完饭，林先生给了我一块"欧米茄"手表，再三推托后，我收下了，这块表相当于我好几年的工资。

到了又一次谈生意，林先生开门见山说："上次两万条西裤，价钱是4.25美元一条，这次有五万条，你的价钱要下来点，四美元一条吧。"我说："那不行，已经谈好的价钱不能动。"林先生说："你总得让我赚点钱吧？你别看我老板大，开销更大，我到上海来，乘飞机、住宾馆费用不小，再说，我有一大家子要养，不赚钱不行啊。"我说："这个厂是国家的，如果是我个人的，我肯定让你。"林先生说："我不是和你们一家厂做生意，你不让步，我就给别的工厂做，也是国家的工厂。"

整个谈判丝毫没有谈到他给予我的好处，甚至连暗示也没有，但是这层关系在我和他心里都是存在的。最终我让了一步，确定价钱是4.05美元，他多赚了一万美元，把给我的东西十倍地要了回去。不过，我安慰自己，即使我没有收受他的东西，这种让价也在理上。

和外商这种"水到渠成"式行贿相比，乡镇企业老板的行贿简直就是暴力行贿了。

昆山一家服装厂是我们厂最大的协作工厂。乔老板本是一个菜农，有一副铁肩膀，挑起大粪担子，行走如飞。后来，不幸腰扭伤了，就组织了乡里三十多个农妇，把各自家中的脚踏缝纫机带到他家的草房里，办起了一个服装厂。经我们厂职工介绍认识了我，我第一次去考察他们厂是坐长途汽车到镇上，他摇着小舢板来接我，连路都没通。

对这样的厂我不感兴趣，于是，他让我厂职工带路，提着两只鸡就直接到上海找上门来，在我家杀鸡做饭做家务，岁数比我大还硬叫我大哥。我心一软，就发一点活让他厂做吧，从此一发不可收，也算他有本事，几年间，发展到一千多个工人，在公路边盖起了两万平方米的现代化厂房，乔老板成了当地一霸。

刚开始，一到过节，乔老板开着卡车往我家送东西，青鱼、黄鱼、甲鱼、猪腿、牛腿、火腿、鸡鸭鹅、烟酒糖，弄得我家不得安生，不是鸡飞了，就是甲鱼爬到床底下。我只能请亲朋好友、邻居街坊帮我分享。一到过年，很多厂一起送年货，弄得我家农副产品比菜场的货源还充足。

到后来，这种高调张扬的行贿有了改变，乔老板夏天到我家一坐，马上说太热了，装个空调吧，不几天，空调就装好了。空调机体积大，功率大，那时候，整个生义码头街道就我家一台空调。常常，我的空调一开，一个弄堂跳电，最后，由供电局为我家专门拉了一条工业用电线路。

我母亲生病住院，乔老板到医院看我母亲，扔下一万元就走，那时买一辆夏利轿车才八千元，我母亲这辈子没见过这么多钱，吓得血压升高。我翻了脸，逼乔老板把钱拿回去，乔老板改成派人常驻医院随时付账，叫医生进口药尽管用，打生长因子，打人体球蛋白，弄得我母亲兴奋得几天不睡，要疯了，说宁愿血压升高。

乔老板说，没有我就没有他的今天，今天不能他富了，我还穷，他提出以后按照我给他的业务量提成，付现金。我知道，他想在我们众多的协作工厂中一家独大。

林先生也提出让我再把价钱降下来，这再降价的部分是给我的，他帮我把钱存进香港银行，绝对安全。

我清醒了，常在河边走哪有不湿鞋？我是湿鞋不湿身。我并非安贫乐道之人，我也渴望财富，但君子爱财取之有道。我果断地辞去公职，去了香港，又去了美国，自己做生意。

我相信，我十年刻苦读书和学习业务就是我最大的资本。在我成立公司最困难的时候，我找过林先生和乔老板，想得到他们的帮助，可是，他们已经把我视同陌路，到后来，甚至连电话也不接，他们的目标已经转向我的继任者。

世界上没有长盛不衰的公司。很多年以后，我的公司成功并壮大了，他们却不约而同都败落了，找我这个"老朋友"借钱。

八

到1990年代中期，我的公司已经初具规模。我们发小再次相聚，已是人到中年。

在梅园邨饭店的包厢内,我第一个到,坐在椅子上翻看菜单。大头进来了,我俩同时扑上前,紧紧地拥抱在一起,甚至没有来得及看一眼对方,我鼻子一酸,眼眶里噙着泪花,大头擦着眼泪,我转身放下手里的菜单,拉着大头坐下。

我们刚聊了几句,黑皮进来了。我猛一起身,挤翻了椅子,我和黑皮同样紧紧地拥抱起来,大头也张开双臂,我们三人抱在一起。片刻,松开手,黑皮打量着我说:"你老了!头发也白了。"我说:"是老了。"黑皮用手在自己的板寸头发上撸了一遍说:"你看我,没什么白发,人家都说我三十岁不到。"我看着他,心想:"你哪里年轻了?真是看不到自己啊。"但是,我嘴上却说:"嗯,你一点没变。"

这时,鼻涕进来了,我们又是一阵拥抱后,鼻涕指着大头说:"你有四百斤吧?"大头说:"去你的,两百斤。"我对鼻涕说:"你给白眼打个电话吧,怎么还没到?"鼻涕和白眼一直有接触。鼻涕笑着说:"来不了了,白眼和他爸吵架,把他爸一个背摔摔在地上,被派出所捉进去了。""真的啊?"我们异口同声问。

白眼进来了,鼻涕马上问:"哎,你放出来了?"白眼一脸蒙,呆在门口。当搞清楚鼻涕是恶作剧,大家一阵哄笑,白眼冲上去狠踢鼻涕一脚说:"册那,你一直弄怂我。"鼻涕笑得很开心,对我们说:"我没有说错,他和他爸天天吵架,为了房子。"鼻涕把大家伤感的情绪弄得欢快起来,仿佛回到了过去。

一番寒暄后,大家便喝酒吃菜,我自从做生意后就滴酒不沾,我拿着饮料杯和他们碰杯，这无形中拉开了我们之间情感的距离。他们不久就把话题对准了我，白眼拿起酒杯对我说："来！敬你一杯。"我刚拿起饮料杯，白眼已经一干而尽，咧嘴抽气说："我们中间就你成功了，我们这辈子就没活出个人样……"

鼻涕抢过白眼的话头说："成不成功无所谓，我们都进去过，你不知道在里边的日子不是人过的，怎么就你没有进去过？"他们都看着我，我急忙指着黑皮说："黑皮也没有进去过啊。"鼻涕说："进去过！他在安徽厂里把厂长打了，在拘留所关了半年，被开除了。"我看着黑皮，黑皮说："开除了好，我准备自己做生意。"

大头喊着我的绰号："我说瘌头啊，你是胆子小……"鼻涕打断大头说："瘌头胆子小？他辞职、偷渡，你敢吗？他什么事不敢做？"黑皮说了："瘌头，人家读书多，遵纪守法。"鼻涕依然不依不饶，指着我："我就不相信你不贪污受贿？不吃喝嫖赌？——你有没有？"我敷衍着笑道："有的，有的。"鼻涕顺势又问："那怎么你一次也没有捉进去过？"

我不得不承认鼻涕提出的问题有普遍性。这几年，和我一起做生意的老板，十有八九是进去过的，不是虚开发票，就是走私逃税，或者是经济官司、集资传销、银行骗贷，甚至是被贪官落马连带的，很少有人能够幸免。

我低头沉思，众人望着我，或许是疑我生了气，我却抬头说："只能说我到今天为止还没进去，谁知道以后呢？"众人都沉默了。

这个话题太沉重，以致大家喝成闷酒，鼻涕一手拿酒杯，一手拿酒瓶,自斟自饮说:"今日有酒今日醉,活一天算一天。"白眼摇晃着走过来,夺过酒瓶往自己杯里倒酒说:"你少喝一点,又要醉了。"大头单肘支桌托腮说:"大家都没有工作了,以后日子也不知道怎么过。"黑皮对我说:"大家都是兄弟,你以后要多帮帮啊!"我连忙说:"那肯定的,那肯定的。"

从这次见面以后,发小就常到我的公司来。

黑皮决心自己做生意,他找到了以前与上海医疗器械厂做生意的香港商人曾先生,把上海医疗器械厂协作的乡镇企业产品推销给曾先生,用低价把生意抢过来。但是,黑皮一没有公司,二没有资金。我便让黑皮利用我公司的名义,利用我公司的外销员、单证员、财务员,无偿帮他操作。首先,曾先生开具信用证到我的公司,我公司用资金去采购工厂产品,出口到香港,验收无误,才能收到钱。

我让财务为黑皮单独立一本账,他的生意收到的钱减去工厂的货款就是他的利润,忽略所有费用。黑皮的第一次生意就赚了六万元,黑皮顿时恢复了自信,以为做生意竟如此轻松,赚钱如此容易。他完全不知道做生意要纳税、员工要工资、办公室要租金、资金要付利息,还有法律顾问费用、会计师楼费用,还有公司潜在的风险成本。如果把这些费用都摊进成本,就不一定赚钱。

黑皮穿上了西装,系个领带还是红领巾打法,坐在办公室对我的员工发了一圈香烟,吹嘘着:"我跟你们老板什么关系?他从小跟着我玩,他从黑龙江回上海时什么都不懂,都是我教他、帮他。现在做生意，我比他晚，但是，我绝对会超过他……"许多员工停下手里的活，抽着烟和他聊天，有人说："你这个老板平易近人，不像我们老板一本正经的。"

我正好走进办公室听到，立即喝止："你们干什么？上班不用做事的吗？"员工们散开后，我把黑皮叫到我的办公室埋怨道："你有病啊？你让他们不上班，陪你聊天？工资你付啊？"黑皮嬉笑着说："说着玩的，你何必当真呢？好了，好了，以后不说了。"

黑皮在我的公司做生意一年以后，我发现这种搭便车方式是不能继续下去了。公司有六辆车，他长期占用一辆，既不付驾驶员工资，也不付油钱。更过分的是他平时请客吃饭的钱都在公司报销，财务让他找我签字，他就模仿我的签字。被我发现后，我找他谈话："你怎么能模仿我签字报销，以后你的费用必须在你的账里付。"黑皮反问我："大家兄弟几十年，要分得这么清吗？"我回道："亲兄弟明算账，生意是生意，兄弟是兄弟。"黑皮翻了脸说："你既然这么计较，我走，不在你这里做。"

黑皮离开我公司时，资金已经达百万了，他买了两套商品房，一套自住，一套开公司。他暗地里打电话给我的外销员和会计，鼓动他们跳槽到他公司去做，却没有人去。

九

黑皮走了以后，大头来找我，他的要求不是做生意，而是想到我的公司上班，拿一份工资，我松了口气，认为这不是事，答应了。

大头在街边的小饭店请我吃饭，看着满满的一桌菜，我说："你为什么点这么多菜？两个人根本吃不了。"大头说："请你这个大老板呀！能小气吗？吃不了，慢慢吃。"大头开了一瓶"二锅头"，倒上两杯，我说："我已经不喝酒了，我们朋友之间不用这样的。"大头替我拿起杯子要强灌："难得请你吃饭，你不喝就是看不起我。"每上一道菜，大头都用自己的筷子在菜里翻一遍，挑出一块夹到我的碗里说："趁热吃，冷了不好吃。"我说："好了，吃不下去了。"大头放下筷子，假装生气说："嫌菜不好吃？你高档饭店吃惯了，人不能忘本的，我们小时候吃什么呀？"

我这顿饭吃得比上刑还难受，更难受的是谈话。

大头滔滔不绝地说："我最近和部队的老战友见面，我告诉他们，我从小一起玩大的发小现在发财了，在上海也是屈指可数的。你知道他们说什么？"

"说什么呀？"我脱口问道。

"他们说，你有这样的朋友，还过现在的苦日子啊？你不靠他靠谁啊？他没有给你钱？——你知道我说什么吗？"大头学着他战友惊讶的口气。

我有点尴尬，轻声说："你说什么？"

大头又扮回自己的角色说："我说这怎么好意思呢。我这个人就是有志气，不想麻烦朋友。你知道我战友说什么？"

这回，我不问了。这个大头怎么变得如此愚蠢庸俗。小时候，老师对他的评语"牛头不对马嘴"真是一点不错。我拿起筷子去夹菜，想逃避对话，可是大头的唾沫几乎覆盖了满桌的碗碟，我又放下了筷子。

我站起来说上个厕所，不料大头也站起来："我陪你去，厕所滑，别摔倒！"

在厕所里，大头几乎贴着我站着，我实在不习惯被人突破安全距离，半天小便不出来。大头低下头注视着我下身说："怎么尿不出来？前列腺肥大了吧？"我差点哭出来。

大头来我公司上班了，他不懂业务，就管后勤：门房、总机、食堂、驾驶班、清洁工。一天，他拿了半麻袋的绞股蓝，从袋子里抓出一把枯叶，对我说："我关照食堂，每天给你泡了当茶喝，这是降血脂的，还可以预防前列腺癌。这是我的一个老战友送给我，我吃了很好，所以给你拿来了。"这种强人所难的关心令人无法接受，我一再声明，我不相信，也不喜欢草药。大头命令式地说："你必须喝，为你好。"

更令人难以容忍的是，有一次，公司经理正在开会，大头门也不敲，开门直入，对我说："癞头，门房的人不听话，我把他炒了。"副总经理洪家豪说："叫谁癞头啊？"我忙解释："他叫我猎头，善于发现人才嘛。"洪家豪厉声呵斥："成何体统？一点规矩也没有，出去！"大头指着洪家豪说："你算老几？我和你们老板是什么关系，你知道吗？你信不信，我让老板炒掉你！"洪家豪说:"这种人怎么可以留在公司？坍台！"

当然，结局是大头离开公司。

大头离开公司的时候，我多给了他两个月工资。不料，大头提出，他看中一套房子，向我借十万元，说一年后还给我，对我拍胸脯说："你放心，有借有还，再借不难，我大头什么人你还不知道吗？"我给了他十万。

大头此去不回头，再也没有联系我，两年以后，我打电话给大头，在绕了一大圈废话后，小心翼翼地问他什么时候还钱。谁知大头火了，说："你等这个钱用吗？你催我，好像我不还钱似的……"再以后，大头的电话号码也换了，自然也就不联系了。

我与黑皮和大头失联后不久，白眼突然来到我公司，我正和经理在开会，被迫中断会议，对经理们说等一会继续开会。我对白眼说："坐吧，你个白眼，以后要来，事先电话约好，我能安排出时间。"

白眼说："我一般是不会麻烦你的，今天找你有急事，你一定要帮忙，向你借一百万。我在做股票，赚得很好，现在有一只股票，内部消息，绝对可靠，下周肯定大涨。我准备全部买入，钱不够，你借我一百万，我过一个星期还给你。"

我没想到白眼开口借钱买股票，我没有措辞，直接回绝说："我不想加入你的股票买卖，我也劝你入市谨慎，不要借钱做，再说，你拿走我一百万也会影响我的生意周转。"

白眼急了，说："我这次机会难得，我把房产证押给你，一百万不行，八十万——我给你 10% 利息，怎么样？"我依然不借，白眼翻脸了，说："你太不够意思了，我们从小一起长大，难怪外边说你不够朋友，算了！以后大家一刀两断。"

白眼从我这儿走了以后，去找鼻涕借了三十万元，又从其他地方借了二十万元，总共投入一百万元。他买的这只股票是"深宝安"，他买入时恰是最高位 8.8 元，一个星期以后，连续五个跌停板，到 5.2 元，损失了 40%。他借入的钱几乎跌没了，如果割肉还钱，他就破产了。于是，他硬说要等反弹，借朋友的钱也不还，和鼻涕也闹崩了，当然和我也断交了。

鼻涕是唯一和我没有生意上和经济上往来的发小，我格外珍惜这最后仅存的情谊。鼻涕从小就讲究吃，所以，我们经常一起吃饭，鼻涕总是吃得满嘴流油，眉飞色舞。于是，我俩讲些奇闻趣事，笑得前仰后合。

但这必须是在能控制他的酒量的情况下，如果失控，就完全不一样了。

一日，鼻涕弄了一瓶茅台，我俩还是像往常一样，他喝酒，我喝饮料。我们边喝边聊，我看到半瓶酒没了，就抢下酒瓶说："这点酒留下次喝吧。"鼻涕嬉皮笑脸道："再来一点，再来一点。"到八两的时候，我又抢酒瓶，鼻涕哀求苦闹道："剩这么一点做啥？下次也不够，我没事的。"这一松就失控了。

鼻涕眼睛通红，我突然又看到了他父亲当年的样子。他帮我倒了一盅说:"你也喝一盅。"我说:"我不喝的呀。"鼻涕把这盅酒端起来送到我嘴边说:"你一定要喝。"我用手挡回去,推搡之间,酒洒了。

就像一个火星把酒精点燃了,鼻涕将桌子上的筷子、碗碟,一样一样往地上摔,我连忙上去拉住他说:"你喝醉了。"鼻涕把我推开,指着我说:"你凭什么不让我喝?"我心中暗暗叫苦,料已劝不住,便不再吭声,坐回自己的椅子。

鼻涕骂开了就刹不住了:"你他妈的现在有钱了,你知道我们很多同学、朋友,日子过得多苦?连小孩的学费也付不出,你怎么不帮人家……"

我不知道他是酒后说胡话还是酒后吐真言,就争辩道:"你怎么知道我不帮?我捐学校、捐黑龙江农场、捐养老院、捐地震灾区,同学孩子得白血病,我也捐。你捐过什么?你凭什么说我……"

鼻涕拿起酒瓶朝我砸过来,我躲过了。鼻涕冲过来对我当胸一拳,把我打倒在地,服务员过来拉开了,我不想对自己的朋友动手,况且是在他喝醉的情况下。我趁乱离开了饭店,我不知道鼻涕是如何回家的。

两天以后,鼻涕打电话给我说对不起,问我有没有伤到,并保证以后不喝酒了。于是,我们又一起吃饭了。我们都忘了上次不愉快的事情,鼻涕还是要了酒,我们边吃边聊边笑,酒至半酣,我开始抢酒瓶,鼻涕抱住我说:"最后一杯,最后一杯。"

我吸取上次的教训，强抢是要闯祸的，我串通服务员把酒瓶换了，掺了水。鼻涕又喝了一会，发现味道不对，说饭店卖假酒，服务员糊弄了几句，鼻涕抄起酒瓶把服务员的脑袋打破了，去医院缝了十几针。鼻涕被派出所捉进去，拘留了半个月。连累我也在派出所滞留了一夜，支付了服务员的医疗费。我想我这算不算进去过？

从此，我是无论如何也不和鼻涕吃饭喝酒了。他比他父亲有过之而无不及，我想我应该像我母亲对付他父亲那样，把酒泼在他的脸上。

十

不久以后，我从朋友处得知黑皮的一些情况。黑皮自离开我以后，就自己做生意，才一年，就和香港的曾先生发生了生意纠纷，不知道是曾先生收到货赖账呢，还是因为货的质量问题拒收而不付钱。

黑皮开始了漫长的打官司生涯，先是在南市区法院起诉曾先生，法院判黑皮败诉。黑皮上诉到上海一中院，一中院维持原判。黑皮又去北京国务院信访办上访，到北京最高法院递状纸。这期间，黑皮因为收不到钱，也付不出生产工厂的钱，生产工厂把他告了，黑皮的房子被查封了。官司一打好几年，黑皮受不了刺激，得了精神病。

我去精神病医院看望黑皮，黑皮坐在床沿，看着正前方。我走近了问："认识我吗？"黑皮转过头，做不屑一顾状："你是对方律师，我知道。"我就端了把椅子，坐在他的边上，打算陪一会。黑皮突然从枕头底下抽出一叠资料和几张报纸在我面前抖了几下说："你知道吗？中央通知下来了，一中院院长因为里通外国被撤职查办，这个案子判错了，要改判。"我默默地看着黑皮，人生来就是受苦受难，如果什么都不知道，或许不是坏事。

白眼的姐姐来找我，说家中的老虎灶房子动迁了，分了一笔钱，白眼认为父母分配不公，因为他的户口不在这房子里。白眼到法院打官司，父亲气得中风住院，母亲气得一命呜呼，兄弟之间还打了一架。白眼姐姐要我出面，劝劝白眼，我知道，在这件事情上，我是无能为力的。

从此以后，我和发小之间再也没有见过面。倒是儿时关系并不密切的弄堂邻居、小学同学偶尔见一次面，亲切无比。当他们问起黑皮、鼻涕、大头、白眼时，我便顿时无言以对。

这使我常常处于自责之中，是什么导致我们生死之交的发小反目成仇？是金钱？为什么小时候什么都可以无私分享，到长大成人后就做不到了呢？是我把金钱看得太重，还是他们把金钱看得太轻？

我时常会来到黄浦江边，现在的垃圾码头，早已和外滩的观光平台连成一体，两岸的景色亦已旧貌换新颜。

但是，江水依旧，湍急如初。只要闻到江水的清新气息，就好像置身在黄浦江中,回到了发小的美好童年。

有时候,我怀疑发小的故事就是一个童话故事。我不知道当年的童话世界和如今的现实世界,哪一个才是真正的人生。

2018 年 11 月 26 日

后记

我经商三十余年,所见生意争斗如搏杀,能够生存至今者仅十之一二。若经商之初,造假侵权、欺诈偷窃、贿赂逃税,必行之不远;凡幸存至今者,非遵纪守法、重德诚信不成。

生意场种种乱象,盖因改革开放才四十年,法律规范和商业道德尚未完善。对于文学,这是难得的现实主义素材宝库,可看到绚丽的真实人性。乱世出英雄,乱象有好戏。

经商本为图利,然不可唯利是图,利令智昏;太迂又入不敷出,人财两空。成败在于取舍有道,分寸有度。然盈则必亏,财聚财散,永无定型,故经商当顺其自然,量力而行,切忌执着。

我原是国营服装厂厂长,1988年辞职下海,创办家族公司,2017年退出管理,开始尝试写作,想把一生经商的真实经历诉诸笔端。

我虽酷爱文学,却年过六旬才初涉写作。处女作《偷渡者》投稿《山花》被录用,让我对写作有了兴趣;后来《购船记》又被《上海文学》刊登,坚定了写作信心;再到最近,作品被《小说月报》和《北京文学》杂志转载,更让我倍感幸运。如果处女作不幸被淹没，也许我就会自感没趣，从此无缘写作。因此，我很感谢《山花》给了我机会。

正因为写的是自己的经历，故以第一人称来讲述，竟和现今"非虚构"不谋而合，倒并非为了赶时髦。

以我之见，真实才有生命，文学是生活的影子，文学更有透视功能，能照出生活的本质，看到人生的真谛。写作唯有依据真实，才有合理的情节、生动的细节、细腻的感情。即使是虚构，也一定是会发生的真实。

我写《生意场》就立足讲真实故事，深知读者挑剔，怕人不耐烦，故力求去繁就简。文中自身不轨不法，实乃内心剖析，自惭自愧。吾本俗人，任人笑骂。

今天，《生意场》一书能够出版，我尤其感谢朱耀华、甫跃辉、贝鲁平、冷志坚对我长期以来的帮助，没有他们的帮助，就没有这本书的出版。

2019 年 7 月 25 日

图书在版编目 (CIP) 数据

生意场 / 冯桂林著.—上海：文汇出版社，
2021.8
ISBN 978-7-5496-2977-0

Ⅰ.①生… Ⅱ.①冯… Ⅲ.①中篇小说－小说集－中国－当代 ②短篇小说－小说集－中国－当代 Ⅳ.
① I247.7

中国版本图书馆 CIP 数据核字 (2021) 第 135634 号

生意场

著　　者　冯桂林
策　　划　朱耀华
责任编辑　徐曙蕾
特约编辑　甫跃辉
装帧设计　张志全

出版发行　**文匯**出版社
　　　　　上海市威海路755号
　　　　　（邮政编码200041）

照　　排　南京理工出版信息技术有限公司
印刷装订　上海新文印刷厂有限公司
版　　次　2021年8月第1版
印　　次　2021年8月第1次印刷
开　　本　890×1240 1/32
字　　数　155千
印　　张　8.25
印　　数　1-2500

ISBN 978-7-5496-2977-0
定　　价　　39.00元